Le secret de Monterosso

SHARON KENDRICK

Le secret de Monterosso

Traduction française de
MARGUERITE GUILLEMET

Collection : Azur

Titre original :
HER CHRISTMAS BABY CONFESSION

©2022, Sharon Kendrick.
© 2023, HarperCollins France pour la traduction française.

Ce livre est publié avec l'autorisation de HARLEQUIN BOOKS S.A.

Tous droits réservés, y compris le droit de reproduction de tout ou partie de l'ouvrage, sous quelque forme que ce soit.
Toute représentation ou reproduction, par quelque procédé que ce soit, constituerait une contrefaçon sanctionnée par les articles 425 et suivants du Code pénal.

Si vous achetez ce livre privé de tout ou partie de sa couverture, nous vous signalons qu'il est en vente irrégulière. Il est considéré comme « invendu » et l'éditeur comme l'auteur n'ont reçu aucun paiement pour ce livre « détérioré ».

Cette œuvre est une œuvre de fiction. Les noms propres, les personnages, les lieux, les intrigues sont soit le fruit de l'imagination de l'auteur, soit utilisés dans le cadre d'une œuvre de fiction. Toute ressemblance avec des personnes réelles, vivantes ou décédées, des entreprises, des événements ou des lieux serait une pure coïncidence.

Le visuel de couverture est reproduit avec l'autorisation de :

HARLEQUIN BOOKS S.A.

Tous droits réservés.

HARPERCOLLINS FRANCE
83-85, boulevard Vincent-Auriol, 75646 PARIS CEDEX 13
Service Lectrices — Tél. : 01 45 82 47 47 - www.harlequin.fr
ISBN 978-2-2804-8937-9 — ISSN 0993-4448

Composé et édité par HarperCollins France.
Imprimé en septembre 2023 par CPI Black Print (Barcelone)
en utilisant 100% d'électricité renouvelable.
Dépôt légal : octobre 2023.

Pour limiter l'empreinte environnementale de ses livres, HarperCollins France s'engage à n'utiliser que du papier fabriqué à partir de bois provenant de forêts gérées durablement et de manière responsable.

1

Le mariage était terminé. Tous les invités s'étaient extasiés sur *le mariage le plus extraordinaire de l'histoire*, mais Bianca, elle, était soulagée. Sans aucun doute, l'événement avait été splendide sur tous les points : un mariage de Noël dans un palais doré... Un séduisant roi prenant pour épouse une roturière... Quoi de plus excitant ?

Bianca jeta un coup d'œil à l'autre bout du hall fastueux. Elle aurait préféré ne pas être demoiselle d'honneur, même si la mariée était sa sœur. Elle n'avait aucune envie d'être de retour à Monterosso, le riche royaume où elle avait passé une grande partie de son enfance.

Le mariage avait eu lieu deux jours avant Noël : la magnifique cathédrale avait été superbement ornementée pour l'occasion. Des guirlandes de houx et de lierre décoraient ses superbes piliers. La robe de Bianca aussi était de saison, taillée dans une superbe étoffe pourpre. Et, tant bien que mal, elle avait tenté d'absorber la joie des festivités et de la refléter à son tour. Mais, alors qu'elle suivait sa sœur, sublime dans sa robe immaculée, ses pensées avaient pris un tournant décidément morose. Bien sûr, elle était heureuse pour Rosie. Mais c'était *elle*, la sœur aînée ; elle qui n'était toujours pas mariée et, à en juger par ses relations précédentes, ce statut n'était pas près de changer.

La vraie vie ne ressemblait pas à ce qu'elle avait prévu pour elle-même.

En d'autres circonstances, elle aurait peut-être pu cacher son angoisse montante, mais, pour couronner le tout, on lui avait appris que l'organisation de son voyage de retour avait été drastiquement modifiée. Elle avait eu l'intention de prendre un vol commercial pour rentrer en Angleterre et passer Noël à la maison. Elle était impatiente d'être chez elle, au calme, après la frénésie du mariage royal.

Seulement voilà : sa sœur l'avait forcée à accepter de prendre un siège dans le jet privé d'un homme avec qui elle ne voulait surtout pas passer du temps.

Penser à lui suffisait à la faire frissonner. Elle ne le connaissait pas, mais son corps réagissait malgré elle ; elle avait déjà la gorge sèche et les mains moites.

Xanthos Antoniou. Le puissant milliardaire gréco-américain que toutes les invitées du mariage avaient suivi d'un regard affamé depuis l'ouverture des festivités. Délicieusement musclé, incroyablement charismatique, il dégageait une présence qui évoquait un sombre météore dans la clarté dorée du palais.

Elle ne savait pas pourquoi sa sœur avait insisté pour qu'elle voyage avec lui, surtout après plusieurs refus consécutifs ; mais Rosie avait continué sur sa lancée :

— S'il te plaît, Bianca. Fais-le pour Corso. Tu seras rentrée plus vite et plus confortablement. Xanthos a un avion privé et c'est un pilote de génie.

Pourquoi Corso voulait-il que la sœur de son épouse accompagne un milliardaire grec qu'elle ne connaissait ni d'Ève ni d'Adam ? Elle n'en avait aucune idée. Rosie avait été alpaguée par une énième courtière, et la conversation s'était terminée aussi vite qu'elle avait commencé.

Et maintenant, Xanthos traversait le grand hall dallé de marbre d'un pas déterminé. Elle tenta de ne pas le foudroyer du regard alors qu'il approchait, le menton hautain, les yeux fixés sur elle. Il lui était étrangement familier... Comme si elle l'avait déjà vu quelque part. Mais la familiarité n'était pas ce qui la dérangeait le plus : plus inconfortablement, il éveillait en elle une réaction primitive qu'elle peinait à dissimuler. Dès qu'ils avaient été présentés, elle s'était sentie bouillir, et pas seulement à cause de l'agacement.

Xanthos Antoniou représentait tout ce qu'elle détestait chez la gent masculine : il exsudait un pouvoir dur et inaliénable ; il semblait promettre le danger... Un danger tout particulier, enivrant, sensuel et subtil.

Il était loin d'être son genre. Elle aimait les intellectuels. Les hommes paisibles et discrets.

— Bianca ?

Sa voix graveleuse avait, sous sa tessiture gutturale, un accent de miel tendre qui suffit à durcir ses tétons. Son cœur rata un battement. Elle força un de ces sourires polis qu'elle dédiait à ses nouveaux clients.

— C'est ça : Bianca Forrester, répondit-elle en haussant les sourcils. Je n'étais pas certaine que vous ayez retenu mon prénom hier pendant les présentations, monsieur Antoniou.

— Oh ! je n'oublie jamais un prénom, mademoiselle Forrester, susurra-t-il. Je suis certain que vous n'avez pas non plus oublié le mien.

Son sourire moqueur ne fit que la hérisser un peu plus. Elle n'avait que faire de sa richesse et de son arrogance. Trêve de fausses politesses ; elle était prête à couper court.

— Écoutez, je sais que ma sœur vous a obligé à me proposer un siège dans votre jet, et c'est très généreux d'avoir accepté, mais ce ne sera pas nécessaire.

— Et pourquoi pas ?

— Parce que j'ai déjà un billet pour un vol commercial et

je préfère voyager de cette façon. Je veux travailler pendant le trajet, pas faire la conversation.

Une vague d'irritation submergea Xanthos. N'était-ce pas exactement ce à quoi il s'attendait ? Peu importe que Bianca Forrester soit l'une des femmes les plus belles qu'il ait jamais vues, avec ses cheveux noir de jais et ses yeux émeraude ; elle avait exactement le genre d'attitude qu'il détestait : elle était froide, critique et condescendante. Elle avait déjà décidé qu'elle était trop bien pour s'abaisser à rester en sa présence, n'est-ce pas ?

Il connaissait ce genre de comportement. C'était loin d'être la première fois qu'il devait y faire face, mais il était toujours sorti vainqueur de ce genre de duels.

— Votre sœur m'a expressément demandé de vous ramener en Angleterre. Je ne peux pas refuser une telle requête, rétorqua-t-il. C'est un ordre de la reine, après tout.

Il ne mentionna pas la véritable raison de son assentiment. Son lien avec le marié : le lien le plus puissant du monde. Un lien de sang, quoique ni lui ni Corso ne soient heureux de cette connexion. Il était le demi-frère du roi Corso et personne, sauf eux-mêmes et la sœur de Bianca, ne le savait.

Personne ne le saurait jamais.

C'était un sombre secret qui brûlait dans le cœur de Xanthos et lui rappelait toujours la douleur de la trahison. Il avait appris à ses dépens qu'il ne pouvait faire confiance à personne.

Il n'avait pas compris pourquoi Corso l'avait invité à son mariage. Le roi avait insisté et insisté, et Xanthos avait finalement accepté. Corso cherchait sans doute à s'attirer ses bonnes grâces afin qu'il ne revendique jamais le trône. Mais Xanthos était illégitime et il ne convoitait aucunement la couronne de Corso, ou son royaume. Il aimait être libre. Jamais il ne voudrait devenir une figure publique.

Et il ne voulait pas non plus ramener l'ingrate Bianca Forrester chez elle, mais il avait fait une promesse à Rosie, et il se considérait comme un homme de parole.

Pourtant, alors qu'il plongeait les yeux dans ceux de Bianca, un frisson magnétique le parcourut. Ourlées de longs cils sombres, ses prunelles étaient d'un vert extraordinaire. Pendant un instant, Xanthos se laissa hypnotiser par la ligne douce et rose de sa bouche, les courbes voluptueuses de son corps...

— Vous êtes prête ? s'enquit-il, la bouche sèche.

— Je crois que vous ne m'avez pas bien comprise, rétorqua-t-elle avec ce sourire méprisant qu'elle ne quittait pas. Je vous offre une porte de sortie. Prenez-la.

— Sans façon, merci. Une foule de paparazzis fait le pied de grue à l'aéroport. Votre sœur a pensé que vous préféreriez les éviter.

Comme elle plissait le front, il ne cacha plus son impatience :

— Et vous savez, ajouta-t-il, la plupart des gens accepteraient avec reconnaissance une invitation à voyager en jet privé. À moins que vous ne préfériez me faire une scène et déranger votre sœur pendant sa lune de miel, je vous suggère de me suivre jusqu'à ma voiture. Mon avion nous attend. Plus vite nous y serons, plus vite nous en aurons terminé.

— Quelle hospitalité ! railla Bianca. J'ai autant envie de venir que d'aller chez le dentiste.

Il lui offrit, généreusement, le spectre d'un sourire.

— Nous avons enfin un point commun, apparemment.

Elle ne daigna pas lui répondre, et il prit le chemin de la voiture à travers les sapins ornementés d'étoiles d'argent, de petites lumières blanches, de couronnes de houx, et de luxuriantes guirlandes de gui et de lierre. L'atmosphère était toujours féerique et festive, mais Bianca était si agacée par son compagnon qu'elle n'en remarquait plus la beauté. Pire encore, plusieurs invités, à son grand dam, se tournèrent sur leur passage avec une admiration non dissimulée.

— Ils font un couple magnifique, remarqua quelqu'un.
— Qui est-ce ?
— Je ne sais pas, mais elle a de la chance !

Bianca retint une remarque acérée. De la chance ? Pitié !

Elle ne se sentait pas vraiment chanceuse, assise dans un silence glacial à l'arrière de la limousine royale, les lèvres pincées. Elle détestait qu'on lui arrache le contrôle de la situation.

Un vent mordant hurlait au-dehors lorsqu'elle sortit de la voiture, qui s'était directement arrêtée sur la piste de décollage. Dans la bise hivernale, un flocon vint fondre sur sa bouche et elle remarqua que le regard de Xanthos s'attardait sur ses lèvres, puis il se détourna pour parler au chauffeur. Incroyablement, elle aimait qu'il la regarde ainsi. Invraisemblablement, elle était excitée par la réticence avec laquelle il s'était arraché à sa contemplation. Elle ne savait pas quelle mouche l'avait piquée ; comment pouvait-elle désirer un homme avec qui elle se sentait si mal à l'aise ? Elle resserra les pans de son manteau autour d'elle et le suivit à grands pas vers l'avion.

L'intérieur de l'appareil était élégant et épuré ; des roses fraîches et des magazines encore intouchés conféraient à la cabine un luxe naturel. Néanmoins, l'endroit était plus petit que Bianca ne s'y attendait et étrangement silencieux. Avait-elle espéré qu'ils ne seraient pas seuls ? Un copilote, peut-être, ou une ou deux sublimes hôtesses de l'air toutes prêtes à flirter avec Xanthos et tuer dans l'œuf les images insidieuses qu'elle ne voulait pas entretenir... ?

Oui. Voilà qui aurait diminué un peu la tension croissante.

— Il n'y a pas d'équipage ?

— Non, je vole seul. C'est un court trajet. Vous trouverez tout ce dont vous avez besoin à bord, ne vous inquiétez pas.

Il haussa un sourcil sombre.

— À moins que vous ne puissiez supporter de vivre sans domestiques ? Une habitude de la vie palatiale, peut-être ?

— Je n'ai jamais vécu au palais, rétorqua-t-elle. J'ai simplement passé mes étés à Monterosso lorsque j'étais enfant, dans une maison sur le domaine, car mon père était employé du roi précédent.

— Parfait. Alors vous serez parfaitement capable de vous verser votre propre verre de champagne, Bianca.

Sans doute pour adoucir la pique, il lui décocha un sourire sarcastique.

Était-il conscient du pouvoir de ce sourire ? Devinait-il qu'elle se sentait sur le point de voler en éclats, avec l'espoir qu'il recolle les fragments un à un ? Elle serra les dents.

— Je ne bois de champagne que pour célébrer quelque chose, et je n'aurai rien à célébrer avant notre atterrissage.

— Vous a-t-on déjà fait remarquer à quel point vous êtes ingrate ?

— Oui. C'est déjà la deuxième fois que vous le mentionnez. Vous a-t-on déjà fait remarquer à quel point vous êtes répétitif ?

De nouveau, ce sourire, un zeste d'amusement sur ses lèvres sensuelles.

— Non, jamais. Je crois que vous battez des records en matière de commentaires insultants. Allez donc lire le guide de sécurité et mettre votre ceinture pendant que je prépare le décollage.

Xanthos s'était attendu à une remarque cinglante, puisqu'il avait utilisé son ton le plus sardonique et que Bianca Forrester semblait déterminée à lui compliquer la vie ; mais, à sa grande surprise, elle hocha la tête et entreprit de retirer son manteau. Malheureusement, elle leva les bras pour le glisser dans le compartiment à bagage placé au-dessus des sièges, une position qui ne faisait que souligner la courbe alléchante de ses seins. Elle s'assit ensuite dans un des larges fauteuils, et Xanthos se surprit à s'attarder quelques secondes avant de passer dans la cabine de pilotage – soudain, il semblait indispensable de vérifier les masques à oxygène et les gilets de sauvetage, et peut-être également de voler un ou deux regards en coin ; car il fallait être honnête : ne la trouvait-il pas intensément captivante ?

La veille, au mariage, elle portait une sublime robe de soie cramoisie, et il avait contemplé l'exquise ligne étroite de sa taille, la grâce de ses fines épaules. Dans ses cheveux noirs, des roses rouges avaient été tressées et ses lèvres étaient peintes de carmin ; elle lui avait semblé sortir d'une illustration classique de conte de fées. Il avait vu les hommes se redresser sur son passage, mais elle avait été trop occupée à replacer la lourde traîne de sa sœur pour leur prêter attention.

Ou peut-être faisait-elle partie de ces femmes qui prétendent ignorer le pouvoir de leur charisme pour mieux séduire les hommes les plus naïfs. Qu'en savait-il ?

Aujourd'hui, elle n'avait plus rien d'une princesse d'antan : son jean et son pull, vert et doux, étaient pratiques et modernes. Elle avait tiré ses lourds cheveux ondulés en queue-de-cheval, et elle ne portait ni maquillage ni aucun ornement : seulement une paire de discrets anneaux d'or aux oreilles, mais pas de bague ou de bracelet. Elle avait quelque chose de vaguement... intouchable. Et pourtant...

Et pourtant, il la trouvait terriblement attirante. Était-ce le feu de son caractère qui la rendait si irrésistible à ses yeux ?

De façon parfaitement inattendue, son cœur rata un battement.

Il disait détester les femmes hautaines, mais il s'agissait là d'une conjecture plutôt que d'une aversion née de ses expériences. Il fallait être honnête, il était habitué à l'adoration et l'obséquiosité. Il n'avait jamais eu besoin de faire beaucoup d'efforts avec les femmes, et parfois il se demandait si cela n'avait pas coloré le regard qu'il posait sur le monde.

Mais l'impatience avala bien vite cette étincelle d'intérêt. Il ne voulait pas perdre une minute de plus à penser à Bianca Forrester. Elle était la belle-sœur de son frère, et donc une complication de plus. Encore quelques heures de vol, et il pourrait la laisser derrière lui pour toujours et s'envoler vers la Suisse.

Dans le cockpit, il suivit méthodiquement sa liste. La tour de contrôle lui envoya ensuite l'autorisation de décoller. Aussitôt, il amorça le décollage et guida souplement l'appareil à travers la soie bleutée du ciel d'hiver. Il baissa les yeux sur la célèbre montagne volcanique de Monterosso alors qu'elle rapetissait à l'horizon.

Même si Corso insistait, Xanthos ne remettrait sans doute pas les pieds dans son royaume. Il ne comptait pas approfondir leur relation. Une famille n'était qu'une perte d'énergie et de ressources. Avoir une famille, c'était risquer la douleur, le désespoir et la déception. Pourquoi se mettrait-il ainsi en danger pour faire plaisir à un monarque qu'il ne connaissait que depuis quelques mois ?

Il s'installa plus confortablement dans le large fauteuil de pilotage ; le vol se déroula facilement, comme à l'habitude, et suscita en lui le plaisir et la satisfaction qu'il ressentait toujours lorsqu'il contrôlait un avion.

Mais soudain, au bout d'une heure, sans crier gare, les commandes lui échappèrent.

À mille mètres d'altitude, il fut informé par les contrôleurs aériens qu'ils ne recevaient plus les données de son appareil. Il fronça les sourcils. Il s'agissait peut-être d'un bug provisoire...

Non. Non, rien de provisoire à cela. Perplexe, Xanthos vit soudain ses transpondeurs s'obscurcir, puis le radar clignoter un instant avant de s'éteindre. Un pic d'adrénaline raidit ses muscles, mais, malgré le rythme fou de son cœur, il n'émit pas un son. Comme tous les pilotes expérimentés, il était préparé à une telle éventualité. Il se sentait étrangement calme. Il se serait presque attendu à la suite des événements : la bouffée de fumée et le cri paniqué de Bianca, qui venait d'apparaître à l'entrée du cockpit, le visage pâle de terreur.

— Xanthos ! L'avion fume ! s'écria-t-elle.

Par-dessus son épaule, Xanthos jeta un œil au dangereux brouillard anthracite qui envahissait maintenant la cabine ; brutalement, tous les systèmes d'urgence s'allumèrent à l'unisson ; les lumières rouges clignotaient frénétiquement et les alarmes se mirent à hurler. La tête froide, le pouls effréné, Xanthos vérifia la carte : l'aéroport le plus proche était à quarante minutes, mais l'appareil n'avait que vingt minutes d'autonomie en cas d'incendie. Sa bouche s'asséchâ.

Vingt minutes.

Il croisa le regard horrifié de Bianca et tapa rapidement un signal de détresse avant de passer en revue les écrans de localisation ; le soulagement manqua de le terrasser lorsqu'il localisa une piste d'atterrissage abandonnée dans une vallée toute proche.

— Bianca, nous allons procéder à un atterrissage d'urgence. Va t'asseoir et mets ta ceinture. Quand je te crierai de te baisser, je veux que tu prennes la position de sécurité. Ensuite nous quitterons l'avion aussi vite que possible. Fais exactement ce que je te dis, ne pose pas de questions, ne perds pas de temps. Quand nous descendrons, ne prends rien avec toi. D'accord ?

Elle hocha la tête et disparut aussitôt pour reprendre sa place ; Xanthos focalisa toute son attention sur l'atterrissage, comme il l'avait appris en formation. Sa concentration était totale alors que l'engin piquait vers le sol dans une vertigineuse spirale. Là ! Il voyait la piste dans une cuvette entre les montagnes. Juste avant qu'il touche la piste glacée, il cria à

Bianca de se baisser. L'avion fit une embardée et patina sur le sol, lancé à toute vitesse vers le mur immaculé d'une dune de neige qui eut, du moins, l'avantage d'amortir l'impact. Xanthos bondit immédiatement sur ses pieds, rejoignit Bianca, détacha sa ceinture et l'aida à se lever, aveuglé par un écran de fumée si opaque qu'il ne pouvait que deviner où étaient placées les issues de secours qu'il connaissait pourtant si bien.

Il fit basculer les portes de l'appareil et aida Bianca à s'extirper de l'appareil, débouchant avec elle dans la froideur glacée d'une vallée enneigée. Jamais, *jamais* il n'avait été si soulagé de toucher le sol, même si la neige était aussi dure et froide que du métal sous ses pieds. Pendant un instant, il vacilla, incapable de retrouver son équilibre ; et près de lui, il entendit le son brisé d'un sanglot. Leurs regards se rencontrèrent ; face à la peur nue de Bianca, quelque chose d'étrange frissonna au creux de ses entrailles.

Un besoin viscéral.

Le besoin de la rassurer. De la protéger. D'abord, il devait l'éloigner de ce foutu avion, au cas où l'engin exploserait. Il glissa étroitement le bras autour de sa taille et l'attira à lui, si près que son souffle chaud lui chatouilla la joue.

— On va courir, d'accord ?

Et aussitôt, une main dans la sienne, il entama sa course contre le vent cinglant venant de la montagne déserte.

2

Xanthos, son étreinte, l'élan avec lequel il la tirait en avant à travers la piste d'atterrissage, voilà les seules choses dont Bianca était consciente, à cet instant. Le monde entier était distant, plongé dans le cauchemar d'un scénario incroyable. Il n'y avait aucune couleur dans cette vallée inconnue, couronnée d'un ciel gris pâle et entourée de neige ; pas un son, ni de trafic ni de nature ; rien d'autre que le hurlement sauvage de la bise dans ses oreilles. Elle avait envie de crier, et de courir, courir aussi loin que possible de l'engin écrasé derrière eux ; courir jusqu'à la civilisation et la sécurité. Mais Xanthos, à distance de la piste, s'était arrêté net et la tenait fermement par la taille, occupé à observer les environs.

— S'il te plaît, Xanthos, partons !

Il ne l'écoutait pas.

— L'avion ne fume plus, dit-il, songeur. Je ne pense pas qu'il va exploser. Nous avons de la chance.

De la chance ? C'était une plaisanterie, n'est-ce pas ? Bianca leva les yeux vers l'engin abandonné au loin.

— S'il te plaît. Je veux partir, murmura-t-elle.

— Partir où ?

— Je ne sais pas ! N'importe où ! Il doit bien y avoir un village non loin d'ici. Il faut que nous allions chercher de l'aide !

— C'est impossible, Bianca. Pas à pied.

Son calme olympien ne faisait qu'aiguiser sa propre panique. S'était-il cogné la tête lorsque l'avion était tombé à pic, tournant sur lui-même comme le tambour d'une machine à laver, avec tant de violence qu'elle en avait perdu toute notion d'elle-même et n'avait plus ressenti, pendant quelques minutes, que le vertige de la terreur ? Était-elle censée prendre les choses en main (comme d'habitude) car Xanthos avait perdu toute notion de la réalité ?

— Nous ne pouvons pas rester ici ! s'écria-t-elle, mais il l'interrompit aussitôt :

— Tu vois le bâtiment, là-bas ?

Elle se tourna pour suivre son regard et remarqua une bâtisse rudimentaire en pierres grises, partiellement dissimulée par la neige. Elle n'avait jamais vu un endroit moins accueillant. Involontairement, elle frissonna.

— Bien sûr que je le vois.

— C'est là que nous allons.

— Je ne mettrai pas un pied dans...

— Écoute-moi, Bianca, coupa-t-il, et sa froideur se teinta de détermination. Tu as deux solutions. Soit tu me suis, et nous marchons ensemble, ce qui serait préférable, soit tu continues de résister à la solution nécessaire à notre survie, et je devrai te jeter sur mon épaule.

— Quoi, parce que tu veux me prouver que tu es le plus fort ? C'est vraiment typique, siffla-t-elle.

— Parce que j'ai assez d'entraînement à la survie derrière moi pour savoir ce que je dois faire dans cette situation, et que tu n'as aucune expérience en la matière, rétorqua-t-il d'une voix dangereusement basse. Je sais que tu es sous le choc. Je sais que l'atterrissage était difficile. Mais il faut que tu m'écoutes et que tu me fasses confiance.

— Je ne te connaissais même pas il y a vingt-quatre heures.

Et maintenant, je dois dépendre de toi pour des questions de vie ou de mort ?

— J'en ai bien peur.

Mais peut-être devinait-il l'angoisse qui frémissait sous sa colère, car, de nouveau, il attrapa ses mains et l'attira à lui ; et de nouveau, elle se sentit sombrer au contact de son corps solide. Malgré elle, elle sentait qu'elle avait besoin de ce soutien, besoin qu'il la serre contre lui, dans la chaleur de ses bras puissants. Comme s'il était un bouclier contre la fin du monde.

Il n'était rien pour elle, il n'était *rien*, se morigéna-t-elle en résistant au désir brûlant de presser la joue contre sa poitrine, d'enfouir le visage dans son cou. Ils ne s'entendaient guère, et ne se connaissaient pas du tout.

La panique lui faisait perdre la tête.

— Lâche-moi, dit-elle, sans grande conviction.

Il obéit, et le contact lui manqua aussitôt ; mais lorsque Xanthos reprit la parole, sa voix s'était légèrement adoucie :

— Fais-moi juste confiance. Pour quelques heures.

Sans un mot, elle hocha la tête et le suivit vers la petite bâtisse qui, à mesure qu'ils approchaient, ne semblait que plus inhospitalière. Les murs de pierre étaient aussi gris que le ciel maintenant assombri par le soir tombant, et la porte ne bougea pas lorsqu'ils tentèrent de l'ouvrir. Avec une démonstration de force que Bianca ne put qu'admirer, quoique secrètement, Xanthos enfonça le battant à coup d'épaule jusqu'à ce que le bois de la porte se brise. Prudemment, il entra le premier, Bianca sur ses talons. Ses joues brûlaient de froid lorsqu'elle tituba à l'intérieur, dans l'air sec et sombre.

Le cœur battant, elle attendit un instant que ses yeux s'habituent à l'obscurité. Il n'y avait pas grand-chose à voir : la pièce n'avait pas été utilisée depuis très longtemps et sentait le moisi. Un bureau vide et une chaise en bois occupaient un pan de mur ; de l'autre côté de la pièce, un vieux fauteuil jouxtait une cheminée encore emplie de poussière et de braises éteintes. Les murs étaient nus, mais gardaient la trace des tableaux ou des cartes qui les avaient un jour ornés. Dans un coin, une porte ouverte menait à de minuscules toilettes, également dotées d'un petit miroir et d'un lavabo.

— Où sommes-nous ? murmura-t-elle.

— Sûrement une cabine d'opérateur... Difficile de comparer cet endroit au palais de Monterosso, mais au moins nous serons à l'abri des éléments.

Bianca ne releva pas le sarcasme et frissonna. Elle ne portait que son pull et, même s'ils étaient protégés du vent, il faisait très froid.

— Et maintenant ?

— Reste ici. Je vais retourner à l'avion...

— Non ! s'écria-t-elle sans pouvoir se contenir. S'il te plaît. Ne me laisse pas toute seule.

Ses yeux noirs étincelèrent.

— Il y a quelques heures, tu me suppliais du contraire.

— Pas la peine de me le rappeler. Si j'avais écouté mon instinct, je serais déjà à Londres, à cette heure-ci !

— Ah, te revoilà ! railla-t-il. Ravi de voir que le choc n'a pas entamé ton répondant. Nous avons de meilleures chances de survie si tu es combative. Je ne saurais que faire d'une délicate damoiselle au bord de l'évanouissement.

— Crois-moi, je n'ai rien d'une délicate damoiselle, et je n'ai pas pour habitude de tomber en pâmoison, siffla-t-elle.

— Mais tu as froid. Regarde-toi, tu trembles. Tu as besoin de chaleur, et moi aussi. Reste ici, je reviens aussi vite que possible.

Était-ce la cruauté glacée de leur environnement, les vestiges de leur atterrissage ? Était-ce la peur qui serrait toujours ses entrailles ? L'excitation de leurs ripostes trop complices pour deux inconnus ? Ou alors, était-ce l'intimité créée par son regard, son inquiétude, ce nouveau tutoiement qui s'était instauré si facilement dans la panique ? Quoi qu'il en soit, les mots lui échappèrent avant qu'elle les comprenne et puisse les retenir :

— Sois prudent.

Le sourire moqueur de Xanthos était aussi inattendu que ses propres paroles et, de nouveau, il la frappa de plein fouet, puissant de magnétisme.

— Comme c'est touchant... Inquiète pour ma survie ?
— Plutôt pour la mienne.

La porte claqua derrière lui et, par la fenêtre, Bianca le suivit du regard alors qu'il traversait la piste jusqu'à l'avion, sa silhouette puissante s'élevant comme une ombre dans le paysage désolé. Il neigeait de nouveau, et la lumière avait encore baissé. Bientôt, il ferait nuit noire.

Bientôt, ils devraient dormir.

Elle se tourna vers la pièce. Il y avait un lit étroit et un matelas fin dans l'un des coins. Elle déglutit difficilement. Comment deux personnes pourraient-elles bien dormir là-dedans ?

Elle secoua la tête et se mit à arpenter la pièce, pour se réchauffer peut-être, mais aussi pour évacuer une énergie nerveuse qui manquait de lui donner le vertige. Comme Xanthos le lui avait ordonné, elle n'avait rien pris avec elle ; mais son portable était toujours dans la poche de son jean. Elle l'attrapa précipitamment ; pas de réseau. Évidemment.

Avait-il un moyen de contacter qui que ce soit ?

Et si personne ne les retrouvait ?

Non. Elle préférait ne pas y penser.

La porte trembla sur ses gonds – Xanthos devait avoir frappé d'un coup de pied –, et elle s'empressa de l'ouvrir. Il attendait sur le perron, croulant sous le poids de son fardeau, les cheveux constellés de neige. Une bourrasque glacée le suivit à l'intérieur et elle ferma la porte derrière lui pendant qu'il posait leurs affaires sur le sol et le bureau. Il lui lança le manteau qu'elle avait laissé sur son siège, ainsi qu'une superbe écharpe sombre qui ne pouvait appartenir qu'à lui.

— Couvre-toi, dit-il, et bien qu'elle n'aimât pas les ordres, elle était trop heureuse pour l'envoyer paître.

Elle s'emmitoufla dans son manteau, les doigts rigides et tremblants de froid, et enroula l'écharpe autour de son cou. L'adrénaline avait-elle aiguisé ses sens ? Elle se prit à inspirer profondément, envoûtée par le parfum boisé et viril qui imprégnait la laine noire.

— Tu as des gants ?

Elle hocha la tête.

— Mets-les aussi.

Elle ne put détourner le regard du mouvement hypnotique de ses épaules musclées pendant qu'il enfilait sa veste ; il releva les yeux et lança d'un ton abrupt :

— Arrête de me regarder et commence à ouvrir les valises ; je retourne à l'avion.

— Encore ?

— Je n'ai pas pu tout emporter en un voyage, Bianca. Je reviens tout de suite.

Elle le laissa partir sans un mot. Elle poussa un soupir de soulagement lorsqu'il claqua la porte derrière lui. *Arrête de me regarder*, c'était le moins qu'on puisse dire ! Elle avait bel et bien perdu la tête. Elle se comportait comme toutes ces groupies, au mariage de sa sœur. Elle comprenait pourquoi il était si arrogant, maintenant ; les femmes se pâmaient devant lui où qu'il aille, même dans une montagne déserte !

Elle se tourna vers le butin qu'il avait rapporté de l'avion et entreprit d'en organiser le contenu sur le bureau. Couvertures, chaussettes de voyage, un bidon d'eau et, étrangement, des morceaux de caoutchouc. Lorsque Xanthos revint, il avait sa valise à la main et semblait avoir dévalisé le minibar.

— Tu n'aurais pas pris mon bagage à main ? s'enquit-elle

en jetant un œil à son épaule, au cas où il l'aurait calé en bandoulière.

Xanthos ne parvint pas à dompter un éclair d'irritation :

— Non, Bianca, je n'ai pas pris ton foutu bagage à main.

Que voulait-elle ? Qu'il reparte patiner sur la piste d'atterrissage glacée et aille fouiller les entrailles encore fumantes de l'avion afin qu'elle puisse... quoi, se faire une manucure pour tuer le temps ? Se badigeonner de crèmes hors de prix avant d'aller au lit ? Comprenait-elle la réalité de leur situation, au moins ? La sœur de la reine n'allait pas dormir sur un matelas de plumes d'oie ce soir ; allait-il devoir lui mettre les points sur les *i* ou était-elle capable de tirer ses propres conclusions ?

Ils allaient rester enfermés ensemble dans cette minuscule cabane pour... combien de temps ? Une migraine croissante battait à ses tempes. La situation était déjà assez difficile ; il valait mieux ne pas ouvrir le conflit pour de bon. Il allait devoir composer avec son ingratitude et l'agacement mutuel qu'ils s'inspiraient depuis qu'ils s'étaient adressé la parole. Plus important encore, il allait devoir oublier le charme de ses grands yeux verts ourlés de longs cils, brillants comme des étoiles, oublier la vision de son corps étroit moulé dans le satin rouge de sa robe de demoiselle d'honneur.

Plus facile à dire qu'à faire.

La vision de ses seins veloutés pressés dans ce décolleté rigide, rouge comme du sang, continuait de le hanter. Il retint un juron. Sa libido avait choisi le moment le plus inadéquat pour se rappeler à son bon souvenir. Bianca n'était pas un objet de désir ; non, elle n'était que... la belle-sœur du roi. Il était responsable de sa sécurité jusqu'à ce qu'elle touche le sol britannique.

— J'ai juste apporté le nécessaire, reprit-il d'une voix plus contrôlée. Prends les affaires dont tu as besoin pendant que je vais explorer la salle de bains.

— D'accord. Tu veux aussi que je te fasse un salut militaire chaque fois que tu me hurles un ordre ?

Il ne put retenir un sourire.

— Je ne dirais pas non, rétorqua-t-il d'une voix douce.

La couleur qui monta aux joues de Bianca le surprit. Il s'empressa de se détourner pour échapper à la fascination que cette marque soudaine d'émotion provoquait en lui.

Dans la salle de bains miteuse, il trouva rapidement la manette de l'alimentation en eau. En son for intérieur, il se félicita d'avoir toujours cherché à comprendre les aspects pratiques de la vie et du quotidien, malgré les conditions privilégiées dans lesquelles il avait vécu jusqu'à sa disgrâce, à l'âge de seize ans. Il était autosuffisant, même aujourd'hui, alors qu'il avait sa propre fortune. Il replaça un tuyau déboîté sous le robinet et revint dans la pièce principale. Bianca avait organisé leurs affaires. Elle l'attendait, plantée près du bureau, le visage froid et tendu.

— Maintenant que tout est prêt, je veux en savoir plus sur la situation.

— Nous avons l'eau courante et une chasse d'eau en état de marche.

— Pas la situation de la salle de bains, Xanthos.

— Oh !

Bianca serra les dents. Bon Dieu, il était si frustrant... Pour l'amour du ciel, elle était avocate ! Sa carrière reposait sur les faits, l'objectivité, et l'efficacité de ses questions incisives. Mais face à Xanthos, elle avait l'impression d'avoir le cerveau en coton, et son esprit rationnel lui faisait défaut. Pas besoin d'être un génie pour comprendre pourquoi.

C'était à cause de lui.

Son *existence* suffisait à la troubler. Sa proximité lui faisait perdre la tête. Dans la même pièce que lui, elle ressentait des choses qui lui étaient étrangères – une fascination trouble et érotique, comme le contact de dents frôlant sa peau...

Mais elle voulait mettre fin à cet envoûtement. La conscience aiguë de ses seins tendus, le battement de désir qui pulsait dans ses entrailles... C'était ridicule ! Ils avaient frôlé la mort ! Elle aurait dû se focaliser entièrement sur l'urgence de leur situation, plutôt que de se laisser captiver par le relief sensuel de sa bouche, par la cadence folle de son propre cœur.

— Je n'ai pas de réseau, dit-elle durement.

— Nous sommes dans une région déserte.

— Ça ne me rassure pas vraiment.

— Je te donne juste les faits. À moins que tu ne sois pas capable d'entendre la vérité ?

— Je suis avocate.

— Oh ! lâcha-t-il avec cet insupportable demi-sourire moqueur.

— Tu as quelque chose à dire ?

— Absolument pas, susurra-t-il, une étincelle d'amusement dans ses beaux yeux noirs. Loin de moi l'idée d'entrer dans un débat d'opinion avec une avocate. Nous avons plus urgent à régler.

— Exactement. Comment allons-nous sortir de cette vallée ? s'enquit-elle.

— Nous attendons les secours, dit-il en lançant un regard par la fenêtre, derrière laquelle la nuit était tombée, un manteau de velours sombre seulement nuancé par la neige. Ce ne sera pas ce soir.

Bianca déglutit et retint un frisson.

— Je ne comprends pas. Comment les secours nous trouveront-ils si nous ne pouvons pas les contacter ?

— J'ai lancé un appel d'urgence avant notre atterrissage. Ils savent où nous sommes. Il ne nous reste plus qu'à être patients, Bianca. Et prudents. Le gros risque, ce soir, c'est l'hypothermie.

Bianca serra les dents pour les empêcher de claquer. Il

l'observait attentivement ; elle ne voulait pas laisser voir sa peur ni la fragilité qu'elle ressentait à cet instant. Elle avait toujours été forte et indépendante. Elle pouvait garder la tête haute en toutes circonstances.

— Je comprends, affirma-t-elle.

Xanthos montra une bouteille de whisky miniature sur le bureau.

— Alors, commençons par le commencement...

— Non. Je ne pense pas que boire soit une bonne idée. Ce serait un peu contre-productif, tu ne crois pas ? Je ne veux pas devenir plus imprudente.

Encore une fois, il sembla retenir un sourire – tant bien que mal.

— Je n'avais pas l'intention de le *boire*. Je préfère les compagnons de beuverie un peu moins agressifs que toi, Bianca. Je voulais utiliser le whisky comme combustible et allumer un feu. Mais il nous faut d'abord du bois.

Il attrapa deux vieilles chaises et sortit de la masure sans plus d'explication. Bianca l'entendit, au-dehors, briser les chaises contre le mur en pierre. Le fracas, intense dans la nuit noire et ouatée, l'extirpa brutalement de sa torpeur et lui clarifia les idées. Elle ne pouvait pas laisser Xanthos prendre tout à sa charge. Elle avait froid, à se tourner les pouces ainsi, et elle aurait moins peur pour sa vie si elle se mettait au travail, elle aussi.

Elle devait étudier la question du couchage pour cette nuit. Quelque chose se serra au fond d'elle-même, une trépidation brûlante, malgré la température glacée de la pièce. Le lit étroit faisait miroiter des possibilités interdites et rappelait ses complexes à son bon souvenir. C'était la première fois qu'elle allait passer la nuit avec un homme, et les circonstances ne pouvaient être plus étranges. Elle se mordit la lèvre et secoua la tête ; elle déplia les couvertures que Xanthos avait rapportées de l'avion et les plaça sur l'antique lit. Elle tria ensuite leurs vivres. Elle cherchait son dentifrice et des sous-vêtements propres dans sa valise lorsque Xanthos revint avec une pile assez impressionnante de petit bois.

— Oh ! s'exclama-t-elle en cachant immédiatement sa culotte dans ses affaires.

Comme si de rien n'était, il ferma la porte d'un coup de pied et se détourna pour poser le bois près de la cheminée. Il s'efforça d'oublier ce qu'il venait de voir ; il se fichait de ce qu'elle portait sous ses vêtements !

Et il se mentait à lui-même, susurrait une petite voix dans sa tête. Bien sûr qu'il voulait savoir ce qu'elle portait sous ses vêtements... Maintenant, il en avait eu un aperçu. Il s'éclaircit la gorge. La vision dansait toujours devant ses yeux. De la dentelle noire ; pas une culotte, mais un boxer... Parfait pour suivre la courbe de ses fesses.

Il tenta de lui décocher un sourire neutre pour cacher son trouble, puis s'attela à la tâche, agenouillé devant l'âtre.

Il entreprit de positionner le bois sur la cendre froide. Son esprit ne cessait de le torturer, néanmoins. Pourquoi était-il donc si attiré par elle ? Parce qu'elle ne battait pas des cils, ne gloussait pas, ne souriait pas ? Parce qu'elle ne riait pas à gorge déployée lorsqu'il faisait un peu d'humour ? Parce qu'elle semblait le juger avec férocité ? Pourtant, dans ses yeux verts, il décelait un défi, une tentation qui répondait à la sienne. Impossible de l'ignorer : ce petit bout de femme faisait bouillir ses veines. Même la veille, à la réception, il avait senti l'extraordinaire attraction qui les liait. Son instinct de préservation l'avait empêché de lui demander une danse, même s'il avait été captivé par sa beauté.

Son corps lui murmurait que, s'il osait la toucher, peau contre peau, alors l'étincelle se transformerait immédiatement en brasier. Il perdrait la tête ; il perdrait le contrôle.

Or Xanthos Antoniou ne perdait jamais le contrôle. Il s'était promis qu'il ne mettrait jamais en péril sa capacité d'action, son pouvoir d'intervention. Il était toujours au sommet de la chaîne décisionnelle. Les femmes tentaient souvent de l'influencer ou de le changer ; elles ne pouvaient l'accepter pour l'homme qu'il était, un homme dénué d'appétit pour la domesticité, un homme proactif et férocement indépendant.

Il froissa un magazine et l'ajouta au petit bois. Comment parviendrait-il à endurer les heures à venir ? À échapper aux fantasmes qui embrasaient son esprit ? Après tout, un corps-à-corps passerait le temps et les réchaufferait tous les deux... Mais Bianca était la belle-sœur de Corso, et il n'avait pas l'intention de dire ou de faire quoi que ce soit qu'il regretterait plus tard.

Il ne pouvait pas échapper à cette tentatrice aux yeux verts ; pas ce soir. Alors il allait devoir faire preuve de sang-froid.

Il alluma la première allumette.

3

Regarder Xanthos allumer un feu était l'expérience la plus sexy que Bianca ait jamais connue. Sa bouche s'assécha. Avec du bois gorgé d'alcool et les morceaux de caoutchouc qu'il avait rapportés de l'avion, Xanthos fit naître une flamme dans l'âtre sombre. Soudain, la lumière et la chaleur firent reculer la noirceur et la froidure de la pièce ; dans le halo des flammes, elle était presque accueillante. Des reflets corail et doré dansaient sur les murs et, bientôt, le bois se mit à craquer délicieusement.

— Wow, murmura-t-elle d'une voix admirative.
— Impressionnée ?

Il avait reculé d'un pas et était maintenant tout proche, trop proche. Le feu avait magnifié sa silhouette et le mettait en relief ; son ombre dominait la pièce, haute et puissante. Il était si grand, si fort – elle n'avait jamais eu affaire à un homme comme cela. Et elle n'avait jamais été aussi désespérément troublée, non plus.

La gorge nouée, elle se contenta de hocher la tête. Elle ne pouvait pas se détendre en sa présence, pas alors qu'elle était ainsi tourmentée par le désir ; mais son comportement, elle devait l'admettre, était bien différent de celui auquel elle s'était attendue. Elle l'avait pris pour un goujat arrogant, un Crésus incapable de faire quoi que ce soit sans une flopée de domestiques tout prêts à exaucer ses moindres désirs ; elle se l'était figuré menant une vie sans aspérité, sans difficulté, séparée de la réalité et de ses laideurs. Mais voilà qu'il semblait aussi à l'aise dans une bâtisse décrépie qu'il devait l'être dans une tour de verre à New York. Il jouait avec les tuyaux de la salle de bains et allumait un feu de ses propres mains.

Et pour la première fois depuis leur atterrissage forcé, elle avait chaud, et elle se sentait en sécurité.

En sécurité avec Xanthos.

Elle serra les dents et se reprit brutalement. L'avion s'était écrasé. Elle n'était pas en vacances à la montagne ; et elle n'allait quand même pas paresser au coin du feu en attendant que le temps passe. Elle avait besoin de *faire* quelque chose ; elle avait besoin de reprendre le contrôle qu'elle avait si libéralement laissé à Xanthos.

Elle n'avait jamais pu compter que sur une chose : elle-même. Après le terrible accident de son père, sa mère et sa sœur s'étaient reposées sur elle, et elle avait pris les rênes de leur famille. Bien sûr, elle ne pouvait le nier, elle avait découvert un certain confort dans ce rôle : c'était elle qui prenait les décisions importantes, donc qui contrôlait sa propre réalité. Mais c'était aussi elle qui avait dû mettre un terme au prolongement artificiel de la vie de son père, après des années sous respirateur. Après cela, Bianca avait compris qu'elle pouvait affronter tout ce que la vie mettrait en travers de son chemin, du moment qu'elle maîtrisait ses émotions.

— On devrait peut-être tenter d'attirer l'attention des secours, dit-elle.

— Et comment ferions-nous cela ?

— Je ne sais pas, en allumant un feu dehors ?

— Personne ne verra notre feu dans une cuvette de montagne, et je risquerai de mourir de froid pendant que je m'y attelle, rétorqua-t-il sèchement. Je comprends, Bianca, je ne suis pas ton compagnon idéal, mais j'apprécierais que tu ne tentes pas de m'assassiner, tout de même.

Il l'observait avec froideur, maintenant. Elle détourna le regard la première. Pensait-il donc réellement qu'elle était si cruelle ? Était-elle devenue la manipulatrice pragmatique qu'elle avait souvent souhaité imiter, lorsque la souffrance l'avait prise à la gorge ?

Non, c'était stupide ; elle ne se laisserait pas intimider par les reproches injustes de Xanthos. Elle était prudente et proactive, c'était aussi simple que cela. Prudente, toujours, lorsqu'elle se protégeait contre la vulnérabilité que d'autres femmes cherchaient à tout prix.

Elle avait appris à ses dépens que la douleur émotionnelle était la plus aiguë de toutes, et elle ne mettait jamais son cœur en jeu. Grand bien fasse à celles qui offraient le leur à un homme sans y réfléchir à deux fois.

Néanmoins, elle avait été dure avec Xanthos, il avait raison sur ce point. Elle était capable de mettre un peu d'eau dans son vin.

— Ne sois pas ridicule. Je te suis très reconnaissante pour tout ce que tu as fait aujourd'hui.

Leurs regards se croisèrent et s'accrochèrent. Imaginait-elle l'éclat qu'elle décelait dans ses yeux sombres, une étincelle incendiaire dans ces fascinantes profondeurs de jais poli ? Pendant une seconde, une seconde folle, elle crut qu'il allait tendre la main pour la toucher, mais il se contenta de la regarder. De la regarder vraiment. Étrangement, son regard sombre était un réconfort immense ; comme une forme innocente d'intimité.

Une intimité si délicate et si fragile qu'elle s'entendit la briser, dans un mouvement de panique :

— Je vais faire du thé, proposa-t-elle en se détournant

brusquement. J'ai vu que tu as rapporté un seau à glaçons. On pourrait l'utiliser pour faire bouillir de l'eau.

— Tu as de la ressource…

— Tu as l'air surpris.

— Peut-être. Je suis plus habitué aux femmes qui aiment se faire servir.

Lorsqu'elle plaça le seau empli d'eau sur les bûches brûlantes, il lui décocha un sourire.

— Je vais surveiller l'eau. Maintenant que nous sommes installés, tu devrais aller te rafraîchir et te laver le visage.

Le visage ? Instinctivement, elle frôla sa joue, puis se redressa pour prendre sa trousse de toilette. Une fois dans la salle de bains, porte fermée, elle jeta un œil dans le minuscule miroir et découvrit sur sa joue une large trace de suie. Parfait. C'était sans doute pour cela qu'il l'avait étudiée avec tant d'attention, quelques minutes plus tôt. Voilà qui aidait au moins à la ramener à la réalité : il était temps de ranger ses fantasmes d'adolescente au placard.

Elle se frotta le visage, mais l'eau était glacée, le savon ne moussait pas, et bien sûr elle n'avait pas de serviette. Elle s'essuya les joues avec les mains et se lava les dents.

Elle se détacha aussi les cheveux pour les brosser. Elle avait une bonne excuse : elle aurait plus chaud les cheveux détachés. Cela n'avait rien à voir avec la brillance de leurs épaisses ondulations, rien à voir avec l'envie d'être…

Elle croisa son regard dans le miroir et haussa un sourcil de défi. Après tout, pourquoi pas ? Oui, elle voulait se sentir belle et assurée. Xanthos la déséquilibrait. Son esprit rationnel ne pouvait l'aider contre le pouvoir qu'il avait sur elle. Elle devait reprendre pied comme elle le pouvait.

Elle hocha la tête, remit son écharpe et sortit de la salle de bains.

Il était couché sur le sol près du feu, dans le doux crépitement des flammes et le frémissement naissant de l'eau. Le cœur de Bianca rata un battement.

Savait-il combien il était beau ?

Son jean élimé moulait ses longues cuisses musclées, ombrées par la lumière de l'âtre. Bianca peina à détourner le regard. Elle alla au bureau, ouvrit deux sachets de thé et les plaça dans des tasses de délicate porcelaine, parfaitement incongrues dans cette maisonnette poussiéreuse. Elle les apporta à Xanthos, qui versa de l'eau brûlante dans chacune d'elles. Elle lui laissa une tasse avant d'aller se percher avec la sienne sur l'accoudoir du vieux fauteuil. Elle referma les doigts sur la porcelaine chaude et prit une gorgée avec un soupir de bien-être.

Mais quand elle jeta un œil à sa montre, son bien-être s'évapora aussitôt. Il était juste 20 heures. Ils avaient encore tant d'heures devant eux ; tant d'heures *ensemble* ! Xanthos fixait le feu, l'air pensif, son beau visage souligné par la danse des flammes. Il parvenait à avoir l'air à la fois détendu et alerte, comme un félin qui aurait interrompu un instant sa chasse.

Elle devait l'admettre : la façon dont il avait gardé la tête froide malgré l'urgence de la situation était extrêmement séduisante. Il était imperturbable et autoritaire ; elle aurait dû le haïr ; elle ne pouvait s'empêcher de l'admirer.

Elle ne se comprenait plus. Que lui arrivait-il donc ? Pourquoi avait-elle envie de tendre la main pour le toucher ? De faire courir ses doigts sur son corps, d'explorer sa peau... ? Elle brûlait de briser les règles qu'elle avait toujours suivies, de découvrir s'il était aussi fougueux qu'il en avait l'air.

Elle savait qu'elle devait se reprendre, mais elle ne savait pas comment rectifier la situation. Elle avait été agressive et distante et cela n'avait pas marché, n'est-ce pas ? Non, leurs insultes avaient trop souvent frôlé le jeu de séduction. Elle devait essayer autre chose. Elle pouvait toujours imaginer qu'il avait une femme et des enfants. Elle savait que ce n'était pas le cas, mais… peut-être une petite amie ?

Quoi qu'il en soit, il valait mieux qu'elle table sur une conversation superficielle. Rien de mieux pour perdre le goût de quelqu'un : un peu de bavardage ennuyeux. C'était une façon bien plus efficace de creuser la distance.

— Je dois dire que ce n'est pas comme ça que j'imaginais passer Noël, lança-t-elle.

Il leva les bras pour s'étirer et Bianca déglutit discrètement.

— Moi non plus, soupira-t-il.

Elle s'éclaircit la gorge.

— Qu'est-ce que tu avais prévu de faire ?

— Tu veux vraiment savoir ?

Elle fronça les sourcils.

— Bien sûr. Je préfère parler de Noël que de la possibilité que les secours ne nous retrouvent pas. Ou des températures mortelles qui nous attendent dehors. Pas toi ?

Xanthos lâcha un petit rire sombre. De son côté, il était plus inquiet de savoir où ils allaient dormir, et comment il allait soulager son érection lancinante. Mais enfin, pourquoi pas ne pas faire la conversation ? C'était une distraction comme une autre. Il garda les yeux fixés sur le feu, de peur d'apercevoir encore ses jambes fuselées, délicieusement croisées. De peur de se focaliser sur la sensualité de sa bouche…

— Je devais rejoindre des amis à Genève et aller au ski… Nous avons rendez-vous demain, pour la veillée de Noël.

— Tu penses que tu leur manqueras ?

Il songea à Kiki, la top model qu'il avait rencontrée à Monaco pendant l'été et qui avait cherché à le revoir depuis. À elle, il manquerait sans doute. Mais, étrangement, il ne ressentait aucune déception à l'idée de ne pas poursuivre ce qui aurait sans doute été une liaison torride. Il visualisa la beauté blonde, ses jambes longues, son superbe corps exposé en couverture des magazines. Tout cela paraissait bien pâle en comparaison des courbes voluptueuses de Bianca, petite et pelotonnée dans le fauteuil, toute proche et tellement plus... Alléchante ?

— Je leur manquerais si je n'étais pas là, rétorqua-t-il, plus sèchement qu'il ne l'aurait voulu. Mais j'espère que les secours nous trouveront avant demain soir, donc qui sait ? Je serai peut-être sur les pistes dès le matin de Noël.

Un bref silence flotta entre eux.

Elle s'attendait sans doute à ce qu'il lui retourne la question. Elle devait aimer parler d'elle, et *il* n'aimait pas parler de lui. Il préférerait l'énigme à la communication. Il pinça les lèvres. Son passé et sa vie privée n'étaient que des champs de bataille dont il préférait se détourner. Les circonstances de sa conception l'écœuraient, une dernière couche de laideur ajoutée à une enfance déjà difficile. Il s'était pris à songer, lorsqu'il avait rencontré Corso, qu'il serait possible de passer au-delà de l'amertume ; les discours séduisants de son demi-frère avaient fait miroiter la possibilité d'une relation plus saine. Mais, au fond, il savait que ce n'était que de la poudre aux yeux. Il n'aurait jamais dû venir au mariage ; il s'était senti étranger et solitaire. Il n'avait pas besoin de Corso. Il n'avait besoin de personne.

— Et toi ? Qu'est-ce que tu avais prévu ?

— Oh ! rien de spécial. Deux ou trois amis m'ont invitée à passer la journée avec eux, mais...

Elle haussa les épaules.

— Tu n'aimes pas Noël ?

— Non, ce n'est pas ça. Disons que la plupart des gens ont un attachement particulier à Noël, mais ce n'est pas mon cas. C'est surtout une fête familiale.

— Mais tu as une sœur, et j'ai aussi vu ta mère au mariage, n'est-ce pas ?

— Oui, avec ma tante. Elles sont encore au palais. Elles vont se faire servir et pomponner pendant que Rosie et

Corso sont en lune de miel. Elles voulaient que je reste avec elles, mais j'ai refusé.

— Quoi, tu n'aimes pas être servie et pomponnée ? s'enquit-il en haussant un sourcil.

Bianca garda les yeux fixés sur les nuances dorées du feu. Attendait-il une réponse honnête, ou se contentait-il de bavarder pour passer le temps et combler le silence, comme elle le faisait elle-même ?

— Pas vraiment, non, admit-elle. Je passais mes vacances à Monterosso quand j'étais petite et… Tout a changé, depuis. Je n'aimais pas particulièrement y passer Noël, déjà à cette époque. Les festivités gravitaient exclusivement autour de la famille royale, de toute façon. Pour être honnête, je n'avais aucune envie de retourner à Monterosso.

— Je comprends. Affronter le passé peut être difficile.

L'observation était inattendue ; elle releva les yeux vers lui, mais le visage de Xanthos était si neutre qu'elle n'osa pas en demander plus. C'est lui qui reprit finalement la parole :

— Comment était-ce, Noël à Monterosso ? Est-ce que tu le passais avec Corso et sa famille ?

— Oh ! non, non, jamais. Nous vivions dans des mondes très différents. Corso était le prince et mon père travaillait au palais comme archiviste. Ses travaux archéologiques étaient renommés, mais il restait fondamentalement un domestique. Le défunt roi était très attaché au protocole.

— Vraiment ? susurra Xanthos. Au protocole, hum ?

— Oui. Chacun avait sa place et personne ne pouvait échapper aux carcans de la hiérarchie. Pour Noël, les valets, les femmes de chambre et les domestiques en cuisine travaillaient nuit et jour pour préparer le festin. À midi, la veille de Noël, une fête était organisée pour les employés du palais et leur famille, bien sûr. C'était très traditionnel. Après le repas, nous nous regroupions tous autour de l'arbre de Noël pour recevoir les cadeaux du roi.

Elle se souvenait combien elle avait haï la cérémonie, qui n'avait fait que souligner leur infériorité à tous. Rassemblés ainsi, ils devaient exprimer leur gratitude pour la protection et la générosité de leur souverain. Et pourquoi donc ? N'était-il pas dépendant de ceux qui le servaient, plutôt que le contraire ?

C'était peut-être cela qui l'avait si tôt encouragée à tracer sa propre route, à travailler si dur, à toujours assurer son indépendance.

— Est-ce que tu l'appréciais ? Le roi ?

— L'apprécier ? s'étonna-t-elle. Je n'y ai jamais vraiment songé. Il était là. Il régnait sur tout et sur chacun. Son pouvoir était absolu. L'appréciation ne pouvait pas jouer de rôle là-dedans.

Mais Xanthos l'observait toujours avec attention, et elle se sentit rougir. Elle n'était pas aussi honnête qu'elle aurait pu l'être. Pourquoi pas verbaliser la vérité, cette vérité qu'elle ne pouvait confier à sa sœur et à sa mère, devant cet inconnu qu'elle ne reverrait jamais ? Elle poussa un soupir.

— Très bien. Non, je ne l'aimais pas. C'était un homme froid et cruel. J'avais pitié de Corso.

— Pitié de l'unique héritier du trône de Monterosso ? Un prince avec tous les privilèges, toute la richesse, tout le pouvoir du monde à portée de main ?

Imaginait-elle l'amertume dans sa voix ? Elle soutint son regard, curieuse.

— Oui, pitié de Corso. Sa mère est morte lorsqu'il était très jeune et je crois que... Je crois qu'il en a beaucoup souffert. Il venait souvent chez nous et restait des après-midi entiers. Je pense qu'il était très seul au palais, et que ces moments avec nous étaient les seuls instants chaleureux dont il a vraiment fait l'expérience.

— Alors, il a eu de la chance de vous avoir, rétorqua-t-il d'une voix neutre.

— Peut-être. Comment connais-tu le roi, déjà ?

— Nous avons des intérêts professionnels en commun.

Bianca resta silencieuse pour lui laisser l'occasion d'en dire plus, mais en vain. Il resta silencieux, la bouche durement pincée. Finalement, il se leva d'un bond, et son ombre engloutit la pièce.

— On devrait manger. Je vais préparer quelque chose.

Il recommençait à prendre les commandes sans se soucier de son opinion. Elle se redressa à son tour, mais la position ne fit que souligner leur différence de taille, et elle dut relever le menton pour le regarder dans les yeux.

— Je peux m'en charger, affirma-t-elle, décidée à lui montrer qu'elle était parfaitement capable de prendre soin d'elle-même. Occupe-toi du feu pendant que je rassemble ce que nous avons.

Il haussa les sourcils, un sourire naissant aux lèvres, mais obéit sans broncher. Sur la table, elle attrapa les vivres rassemblés dans l'avion : du caviar, du chocolat, du vin haut de gamme.

Elle leva les yeux au ciel. Des vivres de luxe, certes, mais pas vraiment un repas nourrissant.

Elle tartina le caviar sur des crackers et plaça le tout dans deux assiettes de porcelaine, qu'elle apporta devant le feu pendant que Xanthos ouvrait une bouteille de champagne.

— Tu veux bien boire du champagne, ou es-tu toujours fermement opposée à l'alcool ?

Bianca haussa les épaules et lui tendit sa tasse vide.

— Champagne avec un arrière-goût de thé à la menthe, commenta-t-elle. Allons-y.

— Avec un bon marketing, ça pourrait se vendre à prix d'or, railla-t-il.

Elle avala une gorgée sans répondre. Le visage de Xanthos s'adoucit un peu.

— Merci de t'être occupée du dîner, ajouta-t-il.

Pendant un moment, ils mangèrent dans un silence presque confortable. Dans le halo tiède du feu, revigorée par la nourriture, Bianca aurait presque pu retrouver un peu d'optimisme. Mais il restait un sujet épineux à aborder. Depuis que la panique de leur atterrissage forcé s'était apaisée, la question faisait naître en elle une chaleur torride, pleine de nervosité et d'anticipation.

— Xanthos, comment allons-nous dormir ?

Il croisa son regard, le visage parfaitement impassible.

— C'est évident, non ? Il y a un lit juste là.

— Certes, mais il y a un léger problème. C'est un lit une place.

Xanthos haussa un sourcil, mimant l'incompréhension, même s'il voyait très bien où elle allait en venir.

— Et ?

— Et nous ne tiendrons sûrement pas tous les deux...

Il plissa les yeux.

— Es-tu en train de me demander de dormir sur le sol de pierre, Bianca ?

— Ce n'est pas idéal...

— Pas idéal, c'est clair, siffla-t-il.

Quelle petite princesse elle faisait, malgré toutes ses protestations ! Il la foudroya du regard.

— Le feu s'éteindra avant la fin de la nuit, et nous devons sauvegarder nos ressources pour tenir le plus longtemps possible, au cas où les secours se feraient attendre.

Il mentait avec tant d'assurance qu'il se serait presque convaincu lui-même. Mais la vérité, c'était qu'il ne savait pas si la tour avait reçu son message. Et à cet instant, il était bien plus facile de se concentrer sur les conditions pratiques de leur survie que de se laisser consumer par son désir pour Bianca ; un désir qui continuait de croître comme un brasier dévorant. Il aurait tout donné pour capturer ses lèvres roses, pour l'embrasser à perdre haleine. Pour explorer ses courbes voluptueuses, pour sentir son corps sous le sien.

Il serra les poings et les dents.

Il la voulait. Il avait faim d'elle, viscéralement. La précarité de leur situation intensifiait-elle ses sensations ? Était-il envoûté par l'adrénaline ? Peut-être. Mais cette adrénaline, ils la partageaient tous les deux, et leur attirance était mutuelle, il en était certain. Il avait vu ses beaux yeux verts s'attarder sur lui, brillant dans la lumière du feu.

Cependant, il y avait une différence entre désirer une femme et lui faire l'amour. L'abnégation était bien peu de chose pour un homme qui aimait défier ses propres limites.

— Tous les manuels de survie te le diront : la meilleure façon de garder la chaleur, c'est que nos corps soient en contact. C'est aussi la meilleure façon d'utiliser nos couvertures et le matelas disponible. Donc c'est simple : nous allons partager le lit.

— Est-ce que tu as perdu la tête ?

— Que se passe-t-il, Bianca ? Tu as peur d'être trop irrésistible pour que je m'abstienne de te séduire ?

— Ce n'est pas ce que j'ai dit.

— C'est ce que tu as insinué.

Ils échangèrent un regard noir. L'impulsion était trop forte ; avant qu'il puisse retenir ses paroles, la vérité passait ses lèvres :

— Écoute, je ne peux pas nier que je te trouve attirante. Tu es très belle et tu as beaucoup d'attraits. Mais tu n'es pas mon type, d'accord ? Et je ne suis pas du genre à avoir des aventures d'un soir. J'ai passé l'âge pour ce genre de frasques.

Elle secoua la tête, visiblement furieuse ; ses cheveux de jais brillèrent comme de l'onyx poli dans le halo du feu.

— Tu crois que je voudrais coucher avec toi ? riposta-t-elle. Plutôt rentrer à Monterosso pieds nus dans la neige !

— Parfait. Dans ce cas, nous sommes d'accord. Tu ne

veux pas coucher avec moi, je ne veux pas coucher avec toi. Rien de plus simple.

Il sourit, sardonique, et haussa les épaules.

— On peut partager ce lit en toute tranquillité.

4

Le corps de Xanthos était chaud, dur et fort. Ses bras étaient étroitement serrés autour de sa taille.

C'était le paradis... C'était l'enfer.

Bianca rouvrit les yeux et se força à expirer lentement. Elle était au lit avec Xanthos Antoniou, pelotonnée dans ses bras et emmitouflée dans plusieurs couvertures de cachemire dont la douceur luxueuse détonnait avec leur environnement décrépit. Elle sentait les muscles de Xanthos autour d'elle... Le cercle de ses bras, si rassurant... Contre toute attente, malgré tout ce qui s'était passé la veille, malgré leurs chamailleries, malgré l'urgence de leur situation, elle avait dormi comme un bébé.

Maintenant qu'elle avait repris conscience, elle se raidit.

— Détends-toi, murmura une voix à son oreille. Ce n'était pas si horrible que cela.

Elle leva les yeux et rencontra son regard sombre, alerte. Sa mâchoire ciselée était ombrée d'une barbe naissante. Elle avait bel et bien passé toute la nuit avec lui, et elle ne se souvenait de rien depuis qu'elle avait posé la tête sur l'oreiller ! Discrètement, elle frôla ses propres cuisses de la main ; Dieu merci, elle portait toujours son jean. Ses chaussettes. Son pull épais et même... Elle toucha sa poitrine et s'aperçut qu'il l'avait enveloppée dans une polaire.

— Ne t'inquiète pas, Bianca, ironisa-t-il, les yeux étincelant d'amusement. Ton honneur est intact.

— Je n'en doutais pas ! s'exclama-t-elle.

Mais il n'était pas dupe, et il se contenta d'arquer un sourcil moqueur. Maintenant que le brouillard du sommeil se dissipait, elle se souvenait de la veille. Le partage malaisé de la salle de bains, une intimité qu'elle n'avait jamais connue avec un homme ; puis le moment du coucher, lors duquel il avait présenté leur installation comme une nécessité (il fallait partager leur chaleur corporelle) plutôt qu'un plaisir.

Mais leur proximité avait *aussi* été un plaisir, n'est-ce pas ? Elle ne pouvait le nier. Même à cet instant précis, alors qu'elle aurait dû bondir hors du lit, elle se sentait délicieusement à son aise. Elle n'avait aucune envie de se dérober à son étreinte. Le pouls brûlant qui battait au fond d'elle n'était pas exactement *confortable*, mais l'effet était enivrant ; ses seins tendus, pressés contre lui, brûlaient d'être saisis, caressés, embrassés.

Xanthos avait réussi à transformer une nuit gênante en expérience douloureusement érotique, simplement parce qu'il était... lui. Elle se mordit la lèvre.

— On devrait se lever, dit-elle à regret.

Xanthos hocha la tête et se força à lâcher prise, malgré la tentation aiguë qu'il avait d'explorer le corps chaud de Bianca. Oh ! elle était aussi excitée que lui, il en était certain. Ses pupilles étaient dilatées, son souffle heurté ; dans son sommeil, elle l'avait tourmenté en pressant ses courbes chaudes contre lui, avec une insistance qui laissait penser que la torture était mutuelle. Même dans le sommeil, elle avait envie de lui.

Elle soutenait toujours son regard, les lèvres légèrement entrouvertes. Comme suspendue, en attente de sa réaction.

Il aurait pu l'embrasser, à cet instant.

Et ensuite ? Ensuite...

Son érection était assez douloureuse comme cela. Il hocha la tête.

— Bonne idée. Tu veux...

C'était sa voix ? Lente et rauque, comme s'il parlait sous l'eau ?

— Tu veux prendre la salle de bains en premier ? reprit-il en s'éclaircissant la gorge.

— D'accord.

La douceur de ses courbes lui manqua dès qu'elle s'extirpa du lit étroit, et il ferma les yeux pour ne pas la suivre du regard. Lorsque la porte claqua derrière elle, il se tourna sur le dos avec un soupir. Contrairement à elle, il n'avait pas dormi une seule seconde. Après quelques minutes de silence pesant, elle s'était innocemment endormie, le front contre son épaule. Et le supplice avait commencé.

Le supplice ? Pas tout à fait. Un équilibre parfait entre la frustration et le fantasme, plutôt. La gravité de la situation s'était évaporée ; il avait laissé le parfum de son shampoing l'enivrer, la chaleur de sa joue contre son bras l'émouvoir.

Bianca l'avait surpris en lui montrant sa détermination et son efficacité ; elle lui avait prouvé que ses préjugés étaient injustes. Il avait aimé la serrer dans ses bras pendant des heures, une découverte surprenante pour un homme qui n'avait jamais partagé un lit avec une femme sans avoir d'abord des rapports sexuels. Au contraire, cette nuit si chaste avait éveillé en lui un féroce instinct de protection ; il était resté alerte, vigilant, les yeux ouverts sur la pénombre de la pièce, l'esprit rythmé par le rythme régulier de leurs deux cœurs. Il s'était dit que, malgré le danger, malgré la peur, la vie dans cette cabane semblait avoir acquis une simplicité fondamentale. Il y avait un certain soulagement dans cette solitude, pendant laquelle son unique mission était de protéger Bianca. Les inquiétudes du monde extérieur avaient temporairement disparu.

Une en particulier.

La vérité sur sa naissance le hantait depuis que Corso avait visité New York, l'année précédente, pour lui annoncer une nouvelle ébahissante : il avait un frère, en quelque sorte. Un frère qui était aussi roi de Monterosso. Cette révélation l'avait troublé, notamment car il vivait depuis longtemps en solitaire. Il avait jusque-là évité les difficultés qu'une famille finissait toujours par entraîner ; mais Corso ne l'avait pas laissé ignorer leur lien de parenté.

Et voilà qu'ici, sur cette montagne esseulée, dans le froid et l'ascétisme, il avait trouvé un étrange sentiment de paix. Son bras autour de Bianca, il avait regardé les nuages s'écarter et le ciel indigo révéler une myriade d'étoiles scintillantes. Alors que l'aurore pâle et froide éclairait doucement la fenêtre et étincelait sur les cheveux noirs de Bianca, il s'était demandé comment ce nouveau jour s'achèverait. Il n'avait ressenti aucune peur pour leur avenir ; seulement une acceptation paisible.

Il entendit l'eau couler dans la salle de bains et se força à sortir du lit pour allumer un feu ; quand Bianca sortit de la salle de bains, la pièce avait déjà perdu de sa froideur. Le visage rose et propre, les cheveux encore mouillés, elle portait un pull couleur d'aurore et un jean qui moulait ses hanches ; et elle était... magnifique. Fraîche. Incroyablement sexy. Frustré par le désir qui continuait de le tourmenter, il bondit sur ses pieds.

— Je vais me laver, lança-t-il d'un ton trop abrupt. Occupe-toi du feu, tu veux ?

— Bien sûr.

Dieu merci, l'eau glacée de la douche rudimentaire le ramena violemment à la réalité. Littéralement refroidi, il se lava et s'habilla aussi vite que possible. Lorsqu'il revint dans la pièce principale, Bianca était postée à la fenêtre. Elle se tourna vers lui en l'entendant pousser la porte.

— Dis-moi. Est-ce que tu penses... ?

Ses yeux verts ne cillaient pas ; la peur faisait frémir sa voix, et elle hésita avant d'embrasser de nouveau du regard la pièce nue. Son masque de bravoure s'était brutalement effacé pour révéler la jeune femme terrifiée cachée au-dessous. Le cœur de Xanthos se serra ; à grands pas, il traversa la pièce. Il résista, à la dernière seconde, au désir de l'attirer dans ses bras. À la place, il prit sa joue dans le creux de sa paume.

— Je ne sais pas si quelqu'un est sur nos traces, murmura-t-il. Je sais simplement qu'il est inutile de se laisser ronger par ce que nous ne pouvons pas contrôler.

— Alors, nous ne pouvons qu'attendre sans rien faire ?

— Pas forcément. On pourrait aller se balader.

— Oui, dit-elle en hochant la tête. Je vais devenir folle si je reste enfermée ici.

— Allons-y, alors.

Ils enfilèrent plusieurs couches supplémentaires, leurs gants, leur bonnet, puis sortirent ensemble dans l'air glacé du petit matin.

Un monde très différent de la veille les attendait au-dehors.

Pendant une minute, Xanthos s'abandonna à la beauté des alentours. Les nuages gris et la tempête avaient disparu ; sous l'éclat du soleil, la neige brillait comme de la poussière d'étoiles. Plus loin, une énorme montagne s'élevait contre le ciel cristallin. Même l'avion échoué n'évoquait plus la peur dans ce paysage d'une si incroyable pureté. Un silence total les entourait.

— C'est... sublime, souffla Bianca.

Oui. Sublime. Exactement comme elle. Le cœur de Xanthos rata un battement lorsqu'il croisa son regard ourlé de jais. Bianca était la femme la plus belle qu'il avait jamais vue, même avec son bonnet à pompons et ses deux parkas. Et, ironiquement, elle était peut-être la dernière femme qu'il verrait. Il avait fait preuve de tant de réserve, de tant de maîtrise pendant cette longue nuit ; plus encore ce matin, lorsqu'elle avait pressé les lèvres contre son bras sans y prendre garde, engourdie par le sommeil. Il avait pris un plaisir masochiste à tester sa propre discipline, mais maintenant il se demandait s'il n'aurait pas mieux valu sombrer avec elle dans cette incroyable alchimie qui les unissait. S'il mourait ici, serait-ce le seul regret de sa vie ? De ne pas avoir fait l'amour à Bianca Forrester ?

— Marchons, dit-il en lui prenant la main. Il ne faut pas rester sans bouger.

Il prit soin de ne jamais perdre la maisonnette de vue et, quand Bianca se mit à trembler, insista pour qu'ils retournent à l'intérieur. Une fois à l'abri, il ajouta du bois dans l'âtre et fit bouillir de l'eau pour le thé pendant qu'elle sortait des carrés de chocolat noir de leurs maigres réserves. Ils mangèrent en silence ; la tension montait dans la petite pièce, et pas seulement à cause de leur angoisse partagée.

Le désir vibrait dans l'air, si réel qu'il semblait tangible.

— Tu as un livre avec toi ? s'enquit-elle soudain. Pour passer le temps ?

— Tu peux lire si tu veux, marmonna-t-il. Je vais sortir le bureau et le casser pour faire du petit bois.

— Est-ce vraiment nécessaire ?

Il croisa les bras, soulagé de noyer ses rêves érotiques dans une agaçante dispute :

— Nécessaire ? Oui, Bianca. Tu crois que je détruis des meubles pour le plaisir ? Que je veux juste vivre mes fantasmes d'homme des cavernes ?

— Je ne sais pas. À toi de me le dire, le défia-t-elle.

Elle soutint son regard sans ciller, et il se surprit à détourner les yeux le premier. Il se leva sans mot dire et s'occupa de tirer le bureau à l'extérieur.

Il pouvait bien le nier tout haut, mais il devait l'admettre pour lui-même : frapper le bureau jusqu'à ce qu'il vole en éclats lui apporta une satisfaction infinie. L'effort physique aiguisait, *sublimait* son appétit sexuel. Il était suant, haletant et extatique lorsqu'un bruit, au loin, lui fit dresser l'oreille.

Était-il en train de rêver ?

Tout d'abord, le changement dans l'air sembla trop ténu pour être vrai. Cependant, dans ce monde blanc et nu, le moindre son était aussi assourdissant qu'un coup de tonnerre. Il resta figé, le cœur battant, tandis que le bruit croissait doucement ; puis, soudain certain, il cria :

— Bianca !

Dans un mouvement de cheveux sombres, elle émergea de la maison précipitamment. Ses yeux suivirent le doigt qu'il pointait vers le lointain. Elle l'aperçut comme lui, et son visage se trouva soudain transformé par l'espoir.

Elle se tourna vers lui, en quête de confirmation.

— Est-ce que c'est...

— Les secours !

Non, ce n'était pas un mirage ; sur la route escarpée qui descendait à flanc de montagne, un 4 – 4 roulait doucement mais sûrement vers leur vallée.

— Xanthos..., souffla-t-elle.

Il hocha la tête et lui tendit le bras ; elle le serra entre les siens, comme si son soutien lui permettait de rester debout. Était-ce pour cela qu'il entrelaça leurs doigts, pour la soutenir ? Ou parce qu'il voulait la toucher encore une fois, une dernière fois ? La petite main de Bianca glissa dans sa paume, et le contact de ses phalanges gainées de laine lui sembla soudain être le summum de l'érotisme.

Ils regardèrent la voiture s'approcher en silence, en retenant leur souffle, de peur peut-être qu'elle ne soit qu'un rêve partagé. Mais non : les chaînes mordaient sans peine dans la glace de la route, et bientôt le 4 – 4 déboucha sur la piste d'atterrissage.

Incroyablement, Xanthos n'avait qu'une envie : attirer Bianca dans ses bras pour l'embrasser à perdre haleine ; demander aux secours de lui accorder une seconde, quelques minutes, un quart d'heure, simplement pour qu'il puisse l'entraîner à l'intérieur et laisser courir ses mains sur son corps.

Au lieu de cela, il reprit délicatement sa main et avança vers l'homme qui venait de bondir hors de la voiture. Une capuche cerclée de fourrure sur la tête, l'inconnu leur lança un grand sourire avant de s'écrier :

— Bianca Forrester ? Xanthos Antoniou ? Nous vous cherchons depuis un moment !

5

— C'est hors de question, martela Xanthos, les sourcils froncés. Je n'ai pas envie de partager une chambre avec toi, Bianca.

Bianca compta silencieusement jusqu'à dix. Xanthos avait décidé d'être insultant, mais elle avait bien l'intention de ne pas mordre à l'hameçon. Ils avaient survécu une journée ensemble sans s'entretuer ; ils pouvaient sûrement tenir encore quelques heures. Au moins, maintenant, il y avait d'autres gens avec eux, et elle pouvait se concentrer sur autre chose que le séduisant milliardaire.

— Ça ne me fait pas rire non plus, mais...

— Mais quoi ? s'exclama-t-il en embrassant la vue d'un mouvement de bras impatient.

Et la vue était féerique : dans le square enneigé du village brillait un immense sapin illuminé de guirlandes. Tout semblait doux et pittoresque ; les cheminées fumaient délicatement, les enfants jouaient dans la neige et...

— Tu crois que j'ai envie de passer la veille de Noël dans un trou perdu et une auberge de seconde zone ? continua Xanthos, brisant du même coup le sortilège.

Toutes ses bonnes résolutions oubliées, Bianca fronça les sourcils.

— Tu peux baisser d'un ton ? siffla-t-elle. Je n'arrive pas à croire que tu puisses être si ingrat. Et dire que tu me donnais des leçons sur la question avant que je monte dans l'avion !

— C'est différent.

— Ah oui ? Et en quoi ? Nous sommes en sécurité, Xanthos. Le médecin du village lui-même est venu nous chercher, nous a examinés et nous a dit que nous pouvions partir...

— Mais pas assez vite !

Bianca inspira profondément. La route menant à l'aéroport le plus proche était malheureusement bloquée, ils étaient donc coincés ici jusqu'à nouvel ordre. Le médecin les avait rassurés : les chasse-neige passeraient le lendemain matin et devraient dégager la voie.

— Nous avons eu la chance d'avoir une chambre à l'hôtel. Apparemment, Noël est très important à Vargmali. Et ils ont été assez gentils pour nous inviter à leur grand banquet...

— Je me fiche de leur banquet, marmonna-t-il.

— Arrête de réagir comme un gamin gâté et estime-toi heureux, rétorqua-t-elle. Qu'est-ce que tu veux faire d'autre ? Je ne vais pas passer la soirée enfermée avec toi à te regarder dans le blanc des yeux. Et puis, tu veux demander aux employés de cuisine déjà débordés de nous faire monter à manger ? Ce serait mal les remercier de leur hospitalité !

Elle détourna précautionneusement le regard, terrifiée qu'il puisse découvrir, derrière ses bravades, l'état précaire de ses émotions. Oh ! Elle aussi, elle aurait tout donné pour retourner en Angleterre d'un coup de baguette magique ; loin de cet homme énigmatique dont elle sentait encore la chaleur alors que leurs corps étaient lovés l'un contre l'autre, dans ce petit lit vétuste...

— Au moins, ici, il y a un clic-clac, dit-elle. Nous n'aurons pas besoin de dormir ensemble.

— Un clic-clac qui a l'air aussi confortable qu'une planche de bois.

— Peu importe, soupira-t-elle, agacée. Je prendrai le sofa. Je ne comprends pas comment tu peux réagir de cette façon, Xanthos. Tu disais il y a quelques heures qu'il faut accepter ce que nous ne pouvons pas contrôler. C'est si insurmontable de dormir dans la même pièce que moi une nuit de plus ?

Xanthos, les dents serrées, ne répondit pas immédiatement. Sauvé de la montagne, oui, mais encore à la merci de Bianca, encore emprisonné avec elle ! Il était coincé dans une espèce de monstrueux hôtel gothique, enfermé dans cette large chambre pleine de courants d'air – et oui, après leur refuge de fortune, tout cela semblait bien luxueux ; mais le tourment restait le même. Il restait avec Bianca, incapable de contrôler le chaos qui bouillonnait en lui. Qui plus est, tout le monde semblait les considérer comme un couple, et la barrière de la langue ne leur permettait pas de clarifier la situation.

Au moins, l'hôtel avait du réseau. À son arrivée, il avait reçu une flopée de messages alarmés. Il les avait pour la plupart ignorés. En priorité, il avait écrit à la sœur de Bianca pour la rassurer. Une petite voix lui avait susurré que la nouvelle reine se serait épargné bien des inquiétudes si elle n'avait pas insisté pour faire monter sa sœur dans son jet privé. Mais n'était-il pas un peu injuste ? Après tout, sans Bianca, ces vingt-quatre heures dans la montagne auraient été bien terribles...

Elle lui avait donné une raison de se battre.

Il avait aussi reçu des invectives de la part de Kiki, dont l'inquiétude s'était bien vite transformée en courroux lorsque la presse avait publié des hypothèses hardies sur la disparition de l'avion et la nature de sa relation avec sa passagère. Avec une assurance ébahissante, la top model l'avait bombardé de questions inappropriées depuis la veille. Il la connaissait à peine, pour l'amour du ciel ! Décidément, les femmes étaient prêtes à tout pour s'offrir un milliardaire.

Mais Kiki avait raison sur un point : son intérêt pour Bianca n'était pas innocent. Pourquoi était-il donc si obsédé par sa présence ? Pourquoi rêvait-il du parfum de ses cheveux, de la douceur de sa peau contre la sienne ? De la façon dont son corps étroit s'était naturellement moulé dans la courbe du sien... Et combien il aurait été facile de...

Non. Non. Il devait se changer les idées.

— J'ai besoin d'un verre.

— Descends à la réception, si tu veux, proposa-t-elle d'une voix faussement joviale. Je vais aller prendre une douche.

Xanthos quitta la pièce sans un mot, déjà hanté par les images insidieuses de son corps nu dans la vapeur brûlante de la douche.

Il dévala le grand escalier qui menait dans l'entrée de l'hôtel et dépassa, avec un regard interloqué, plusieurs vitrines destinées à faire la promotion d'énormes légumes racines apparemment en vente sur les lieux. Le hall était encombré d'un gros sapin de Noël très touffu, orné de décorations rudimentaires en papier découpées par des mains enfantines.

À New York, ses repaires de prédilection l'avaient habitué à des arbres taillés, luxueux et étincelants. Pourtant, l'humilité chaleureuse de ces ornements maladroits l'arrêta un instant, avant qu'il secoue la tête avec impatience et s'éloigne à grands pas. Dans la grande salle à manger, des femmes accrochaient des guirlandes de pin, de houx et de gui en bavardant joyeusement dans leur langue. Tout près, la petite salle du bar était vide. Il attendit qu'un employé apparaisse et lui serve un verre, puis s'installa au comptoir pour savourer son whisky dans le calme.

Il savoura sa nouvelle solitude jusqu'à ce qu'un brouhaha festif emplisse l'entrée de l'hôtel.

Il avala sa dernière gorgée et repartit en traînant les pieds à l'étage. Pouvait-il prétexter une migraine ? S'il était seul dans la chambre, il pourrait même travailler quelques heures. Il examinait ses options lorsqu'il poussa la porte, mais son esprit s'enraya.

Bianca s'était habillée pour le repas de Noël.

Ses cheveux cascadaient en vagues d'onyx, dont la brillance était encore mise en valeur par sa robe noire.

Le désir le frappa de plein fouet. Avec lui, une vague d'indignation le prit à la gorge.

N'avait-il pas assez donné pendant cette longue nuit sans sommeil, à lutter contre ses fantasmes ? Que cherchait-elle ? À tester ses limites, briser ses défenses ?

Il serra les dents et s'efforça de réguler son souffle court. Non ; il était irrationnel. La robe n'était certainement pas provocante. Boutonnée jusqu'à la gorge, elle s'assouplissait au niveau de ses hanches et tombait en replis souples et modestes jusqu'à ses genoux. Alors pourquoi était-il si troublé et pourquoi ne pensait-il qu'à la toucher ? L'embrasser. La posséder. Pourquoi, face à elle, en était-il réduit aux élucubrations d'un homme des cavernes ?

— Tu n'aimes pas ?

Xanthos s'arracha à sa transe et cligna des yeux.

— Quoi donc ?

— Ma robe.

— Pourquoi tu me demandes ?

— Parce que...

Bianca s'interrompit et déglutit, embarrassée. Mais le visage de Xanthos s'était durci si brusquement que la question lui avait échappé.

Elle le savait, pourtant : il valait mieux ne pas toucher au personnel avec Xanthos. Mais il était trop tard ; maintenant, la franchise était sa meilleure arme.

— Je ne sais pas. Parce que tu me regardes comme si tu ne m'avais jamais vue. Comme si tu ne me connaissais pas.

— Je ne te connais pas, rétorqua-t-il d'une voix glacée. Et tu ne me connais pas non plus, donc évite de faire des suppositions dans le vent, Bianca. On a passé vingt-quatre heures ensemble à la montagne ; cela ne fait pas de nous des amis. Demain, nous nous quitterons à l'aéroport et, avec un peu de chance, nous ne nous recroiserons jamais. Maintenant, si tu veux bien m'excuser, je vais aller me rafraîchir.

Il tourna les talons et alla s'enfermer dans la salle de bains sans un regard en arrière.

Bianca serra les dents. Parfait. Xanthos n'était supportable que dans les situations à haut risque. Elle avait hâte d'être débarrassée de lui. Pour se distraire, elle attrapa son téléphone et envoya un message à sa sœur pour lui souhaiter un joyeux Noël. Rosie répondit immédiatement :

Alors, qu'est-ce que tu penses de Xanthos ???

Elle doutait que Rosie apprécie la teneur de sa véritable opinion : elle le trouvait courageux, fort, et extrêmement blessant. Oh ! et sexy à mourir. Il valait mieux rester vague.

Très efficace dans l'urgence ! Profite bien de ta lune de miel. Bisous !

Elle laissa son portable sur la table basse et retourna se poster à la fenêtre pour contempler les lumières du petit square. Les habitants du village s'y étaient réunis. Elle était perdue dans ses pensées, amusée par les rires de ces inconnus, lorsque Xanthos sortit enfin de la salle de bains.

Si elle avait anticipé son apparition, peut-être aurait-elle pu contrôler sa réaction ; mais, surprise et arrachée à ses méditations, elle ne put apaiser la cavale de son cœur.

Un frisson la parcourut.

Il avait passé un pantalon noir et une chemise en soie pâle déboutonnée au col, révélant un fascinant triangle de peau hâlée. Il était absolument irrésistible ; d'un mouvement aussi naturel que félin, il repoussa ses cheveux humides à deux mains, et elle retint son souffle. Leurs regards s'accrochèrent. Elle devinait presque le crépitement de leur dangereuse attraction. Dieu merci, ils étaient attendus en bas pour manger. S'ils étaient restés dans cette chambre, la tension aurait été insoutenable.

— Tu es prêt ? s'enquit-elle vivement en baissant les yeux sur sa montre. Ils ont dit que les festivités commençaient à 19 h 30.

— Je meurs d'impatience.

Elle leva les yeux au ciel.

— Tu as l'intention de ronchonner toute la soirée ?

— Non, Bianca. Tu as ma parole. Je serai la diplomatie incarnée.

— J'ai hâte de voir ça.

Ils descendirent et une étrange sensation prit Bianca au cœur lorsqu'ils entrèrent ensemble dans la grande salle à manger. Tous les convives avaient levé la tête à leur arrivée. Pour la première fois de sa vie, elle avait l'impression de faire partie d'un couple. Peut-être était-ce triste, maintenant qu'elle y réfléchissait. Dans son école pour filles, elle avait toujours travaillé d'arrache-pied pour rester en tête de classe, et elle avait gardé la même discipline à l'université. Oui, elle avait eu quelques rendez-vous ici et là, mais aucun qui lui ait donné envie de nouer une relation sérieuse. Elle n'avait jamais cherché qu'une seule chose : protéger son indépendance. C'était plus important qu'être aux côtés d'un homme.

Et pourtant, un frisson d'excitation la traversa lorsque la jolie épouse du docteur Druri, Ellen, leur tendit à chacun un verre de vin chaud et entreprit de les présenter aux autres invités comme s'ils formaient une unité inséparable.

La foule était très variée, et tout le monde était très joyeux, enchanté par les festivités. Il y avait des enfants, des adolescents, des vieux couples et des jeunes mariés. Bianca entrevit un très vieil homme qui déposait un baiser sur le front de sa femme en fauteuil roulant. La plupart parlaient au moins un anglais un peu hésitant, mais Bianca n'hésita pas à mimer pour communiquer et découvrit bien vite que Xanthos parlait couramment italien, une langue qui avait beaucoup de racines communes avec le vargmalien ; cahin-caha, ils parvinrent à relater leur atterrissage forcé dans la montagne.

Bianca embrassa la pièce du regard : les lieux étaient décorés avec modestie, mais très joliment. Charmée, elle murmura son appréciation à Xanthos. Des guirlandes de végétation aussi hivernale qu'odorante encadraient les fenêtres et couraient sur le manteau de la large cheminée en pierre, dans laquelle crépitait un feu de bois. D'autres gerbes de pin et de gui faisaient office de chemin de table, contrastant avec la nappe immaculée et les chandeliers pourvus de hautes bougies rouges qui faisaient danser dans la pièce une lumière dorée. C'était un Noël de rêve...

De rêve ? Et de quoi rêvait-elle, exactement ?

Rien ici n'était luxueux, mais tout était solide. Réel. Plus réel que tout ce qu'elle avait jamais connu à la cour de Monterosso.

Voilà de quoi elle rêvait. D'une réalité pleine de chaleur.

— C'est merveilleux, n'est-ce pas ? murmura-t-elle en prenant place à la table.

— *Merveilleux*, acquiesça Xanthos, sardonique.

Les services s'enchaînèrent et on leur présenta une nourriture délicieuse et parfumée, poissons, pâtisseries, baies et sucreries, servie dans des plats de porcelaine peints à la main et accompagnée d'un vin local. À table, les conversations allaient bon train, et tout le monde était trop animé pour remarquer, du moins l'espérait-elle, qu'elle et Xanthos ne mangeaient pas beaucoup.

Après le repas, alors que Bianca se demandait s'il valait mieux s'excuser et retourner dans leur chambre, le vieil homme qu'elle avait remarqué plus tôt quitta sa place pour attraper son accordéon ; il en tira une mélodie enjouée que plusieurs personnes semblèrent reconnaître immédiatement.

Avec une exclamation d'appréciation, les convives se levèrent aussitôt.

— Danse avec ta femme, Xanthos ! s'exclama Ellen.

— Bianca n'est pas...

— Très bonne danseuse ! coupa Bianca en bondissant sur ses pieds en lui tendant les mains. Mais peu importe, pas vrai ?

Xanthos n'avait plus le choix : il se redressa à son tour et l'attira dans ses bras.

— Qu'est-ce qui te prend ? siffla-t-il à son oreille.

— De quoi parles-tu ?

— Tu les laisses penser que nous sommes mariés.

— C'est plus simple, murmura-t-elle en tournant dans ses bras. Détends-toi, Xanthos. Je n'ai pas l'intention de te tirer par l'oreille jusqu'à l'autel et te passer la bague au doigt.

Xanthos ferma les yeux et secoua la tête. Les couples tournoyaient autour d'eux. La mélodie était entraînante. Il ne pouvait nier que serrer Bianca dans ses bras était un plaisir intense. Depuis quand n'avait-il pas dansé avec une femme ? Avait-il *déjà* dansé avec une femme ? Ce n'était pas vraiment son style, la danse. Pourtant, à cet instant, il ne regrettait pas qu'elle lui ait tendu la main... Il se laissait emporter par le rythme, par son sourire. Il sentait ses seins pressés contre sa poitrine...

— Ce n'est pas si mal, concéda-t-il en la faisant tourner au bout de son bras.

Son rire cristallin s'envola avec la musique et lui arracha un sourire.

Ils continuèrent de danser jusqu'à ce qu'on leur serve des digestifs aux cerises amères, et la soirée s'acheva avec une chorale d'enfants.

Les petits entonnèrent des chants de Noël traditionnels de la région. La voix d'un des garçons vibra comme celle d'un ange au-dessus du chœur. Le temps s'arrêta un moment ; dans la salle, l'émotion avait transformé les visages et envahi les cœurs. Xanthos regarda autour de lui les plus vieux se fendre d'un sourire mélancolique, et l'espoir éclairer le visage des plus jeunes. Pour la première fois de sa vie, il lui sembla qu'il comprenait un peu mieux l'attrait de Noël.

Mais il savait également qu'il était plus prudent de ne jamais se laisser aller au sentimentalisme.

— On remonte ? s'enquit-il, trop durement, dès que la chorale se fut dispersée.

Le regard de Bianca s'assombrit, mais elle hocha la tête, résignée.

Elle aurait aimé que la soirée ne finisse jamais... Alors qu'elle disait au revoir à leur hôte et suivait Xanthos dans l'escalier, elle se força à reprendre le sens des réalités. Oui, il avait dansé avec elle, ri avec elle. Oui, elle s'était sentie plus légère que jamais. Mais c'était là toute la magie de Noël, n'est-ce pas ? Le monde était plus féerique pendant les fêtes.

Avant de se retrouver seule avec Xanthos, elle avait besoin d'invoquer sa légendaire impartialité. Elle rassembla toute sa maîtrise d'elle-même. Malheureusement, lorsque la porte de leur chambre claqua derrière elle, elle ne songeait encore qu'à une chose : combien Xanthos était fort et magnétique. La lumière de la lune jetait sur ses cheveux sombres des éclats d'argent. Elle aurait aimé retrouver le cercle de ses bras.

Il se posta à la fenêtre, les yeux baissés sur le parc et les lumières du sapin en contrebas. Dans la pénombre, il avait la beauté d'une statue classique. Oh ! Elle ne se comprenait plus ; malgré toute sa frustration, toute sa rigueur, elle ne savait comment résister au charme de Xanthos. Il la rendait folle.

— Je ne t'ai pas remercié, murmura-t-elle.
— Pour quoi donc ?
— De m'avoir sauvé la vie. De m'avoir protégée, dans la montagne. D'avoir pris soin de moi. D'être retourné à l'avion

alors qu'il était encore fumant. D'avoir fait un feu... Et de t'être toujours comporté comme un gentleman.

Contre toute attente, il lui décocha un sourire sarcastique.

— Ne me provoque pas, Bianca, dit-il, et dans sa voix vibrait une note de danger. Je n'ai rien d'un gentleman, et surtout pas en ta présence.

Sa bouche s'assécha. Ses bonnes résolutions s'échappaient comme du sable entre ses doigts.

— Oh ?

— Oui, *oh*. Je ne contrôle plus mon esprit quand tu es face à moi, comme cela. Je ne pense qu'à t'embrasser.

— J'ai du mal à t'imaginer perdre le contrôle, Xanthos.

— Tu serais surprise, siffla-t-il.

Bianca ne cilla pas.

— Peut-être que j'aime les surprises.

Les yeux sombres de Xanthos étincelèrent, attisés par ce défi. Il y avait quelque chose de primitif dans le besoin qui transparaissait dans son regard ; un besoin aussi viscéral que le sien. Soudain, elle voulait que ses fantasmes deviennent réalité. Elle voulait qu'il l'attire à lui, qu'il l'embrasse dans cette pièce baignée de lune, qu'il la déshabille, qu'il la pousse vers le lit...

— Je te veux, murmura-t-il.

— Je ne suis pas ton genre, tu te souviens ?

— Tu n'es pas mon genre, confirma-t-il. Mais cela n'a aucune importance.

— Non ?

— Non. Peut-être que c'est la retombée de l'adrénaline. Mon corps veut célébrer sa survie parce qu'il a frôlé la mort.

— Intéressant, comme raisonnement, railla-t-elle.

Avait-il remarqué que ses arguments rationnels risquaient de mettre en péril son objectif ? Était-ce pour cela qu'il traversait la pièce à pas hâtifs ? Tout proche, maintenant, il lui caressa la joue d'une main douce et laissa ses doigts s'attarder sur sa peau. Peut-être n'était-ce qu'une autre tactique de séduction. Peut-être savait-il que s'il la touchait, elle serait perdue.

Et il avait raison.

6

Il avait rêvé d'embrasser ses lèvres si longtemps, si souvent, et voilà qu'elles tremblaient enfin sous sa bouche. Xanthos plongea les doigts dans la cascade soyeuse des cheveux de Bianca alors qu'elle pressait ses hanches contre lui. Le sentait-elle, dur et dressé, à travers le satin de sa robe ? Peut-être, car elle répondait avec la même passion affamée. Il ne s'était pas attendu à une telle ferveur de sa part, elle qui s'était montrée si féroce et si indépendante ; mais voilà qu'elle ondulait contre lui et il...

Oh ! Essayait-elle de le tester ? De le provoquer ? Il fit un pas en arrière, le souffle court.

— Si tu continues comme cela, nous allons terminer très vite, prévint-il d'une voix rauque.

Il avait peut-être imaginé l'éclair d'incertitude qu'il décela sur son visage, mais il reconnut le défi familier qui le remplaça bien vite.

— Et alors ?

Il étouffa un grognement ; voilà qu'elle lui donnait ouvertement la permission d'oublier la maîtrise de lui-même à laquelle il s'était accroché depuis qu'elle était montée dans son avion. D'habitude, il était maître dans l'art de la séduction lente et sophistiquée ; il prenait toujours son temps. De cette façon, le plaisir prolongé de ses partenaires lui apportait aussi satisfaction, justement parce qu'il démontrait son self-control.

Mais pas avec Bianca. La convoitise le torturait. Était-ce cette danse ridiculement sentimentale, plus tôt dans la soirée, qui avait brisé son esprit rationnel ?

Sans doute, car il n'y avait aucune rationalité dans la façon dont il se pencha soudain pour la soulever dans ses bras et la porter jusqu'au lit, le cœur embrasé. Ses baisers n'avaient jamais été aussi brûlants, si durs, si avides. Sous ses doigts, il sentit la dentelle d'un porte-jarretelles et retint de justesse un grognement de capitulation. Il la laissa tomber sur le lit et s'affaissa avec elle, les mains fébriles, avant de s'attaquer aux innombrables boutons de sa robe.

— Je préférerais la déchirer, marmonna-t-il, frustré.

— Déchire-la si tu veux, rit-elle. J'ai d'autres vêtements dans ma valise.

Dieu le pardonne – il ne lui fallut pas plus d'encouragement. Sans une seconde d'hésitation, il attrapa les pans de soie et fit sauter les boutons d'un mouvement sauvage ; le tissu se rompit dans un soupir et dévoila ses seins sublimes, deux lourds globes ornés de dentelle noire, qui se soulevaient au rythme de sa respiration haletante.

— *Evge*, murmura-t-il dans ce langage qu'il ne parlait presque plus, ces temps-ci.

Sa langue *maternelle*. L'adjectif, dans d'autres circonstances, aurait suffi à faire naître en lui une réflexion amère, mais tout dédain s'évapora à l'instant où il pressa la bouche sur le téton fier qui tendait la dentelle noire, suppliant d'être léché. Lorsque sa langue trouva la chair tendre, Bianca ondula sous lui avec un gémissement, et il se sentit durcir plus encore. Il avait la gorge sèche, le cœur battant ; d'un geste vif, il lui retira sa culotte et trouva ses cuisses ouvertes dans une invitation qu'il s'empressa de saisir, en plongeant les doigts au creux d'elle. Elle était déjà brûlante, et il la caressa jusqu'à ce qu'elle gémisse et le supplie.

— Non, dit-il d'une voix qu'il ne reconnut pas, vibrant d'un instinct primaire. Non, pas comme ça, pas la première fois.

— Combien de fois as-tu prévu ?

— Cela dépend...

— De quoi ?

— De ça, rétorqua-t-il en l'embrassant fiévreusement, encore et encore et encore.

Elle non plus ne le laissait pas partir, les bras jetés autour de son cou, la bouche avide et le corps tremblant ; et il aurait pu passer des heures ainsi, tout contre elle, s'il n'avait pas craint de perdre le contrôle avant de s'être enfoui en elle. Il recula brutalement et enleva son pantalon d'un geste preste, puis sa chemise, puis son caleçon ; il se redressa devant elle, nu, et trouva ses beaux yeux verts fixés sur lui, affamés.

Sous son regard ardent, il avait l'impression d'être le premier homme qu'elle ait jamais vu ; mais ne ressentait-il pas la même chose ? Il ne se repaissait pas de la vision de Bianca, allongée sur le lit et seulement vêtue de ses bas noirs, ses cheveux de jais étalés sur les coussins ; son sourire, dans l'éclat de la lune, étincelait comme une étoile.

Son regard glissa délicieusement sur lui et marqua un arrêt sur son membre dressé ; il la vit mordre sa lèvre. Était-elle en train de changer d'avis ?

Peut-être aurait-ce été prudent ; son instinct de préservation lui criait, à lui aussi, de fuir. Mais la quitter maintenant aurait été une punition plus sévère qu'une mise à mort.

— Tu veux que j'arrête ? demanda-t-il, la voix étouffée.

— Quoi ? Tu plaisantes ? Non, je te veux, Xanthos. Je te veux de toutes mes forces.

Son honnêteté était flatteuse, quoique surprenante. D'expérience, il savait que les femmes préféraient taire leurs véritables sentiments tant qu'elles n'étaient pas certaines qu'ils soient mutuels. Mais Bianca disait toujours ce qu'elle avait sur le cœur, il commençait à le comprendre. Il fronça les sourcils ; pensait-elle que cette liaison se conclurait par une parade de confettis à l'hôtel de ville, avec un bel anneau d'or à l'annulaire ?

Non, il se laissait aller au cynisme. Bianca avait vingt-cinq ans, et une carrière sérieuse et lucrative. Elle n'était pas une innocente pleine de grandes illusions. Ils avaient partagé une expérience traumatisante, échoués ensemble dans une montagne inconnue. Ils venaient de vivre une soirée pleine d'émotions avec des inconnus dont la générosité était totale. Une longue nuit de sexe viendrait simplement couronner ces deux jours incroyables.

— Moi aussi, admit-il simplement.

Il se détourna pour aller fouiller dans sa valise, à la recherche d'un préservatif. Il vola un autre regard par-dessus son épaule, hypnotisé par la beauté de Bianca, si incroyablement provocante dans la pénombre. Il revint bien vite à ses côtés et l'embrassa à perdre haleine.

— Tu es exquise, murmura-t-il.

— Vraiment ?

Son incertitude le surprit autant que sa sincérité. Il fronça les sourcils.

— Absolument.

— Oh...

Il glissa les doigts entre ses cuisses et la frôla délicatement. Elle soutint son regard et déglutit.

— Continue, souffla-t-elle.

Il lécha son cou, ses épaules, savourant le goût salé de sa peau ; puis lécha aussi le bout rosé de ses seins avant de l'attirer entre ses dents. Il se plaça sur elle. Sous ses caresses, elle ouvrit les cuisses, et lorsqu'il glissa enfin au creux de sa chaleur humide, il...

Il s'immobilisa un instant.

Lui semblait-elle si étroite parce qu'il était plus excité que jamais ?

— Bianca ? marmonna-t-il, chacun de ses muscles tendus à craquer.

— Oui ?

Elle avait répondu innocemment, mais il perçut le frémissement dans sa voix. Et il comprit immédiatement ce qui l'avait causé.

— Bianca...

— Ne t'arrête pas, coupa-t-elle. Pas maintenant. S'il te plaît, continue.

S'arrêter ? Oh ! ç'aurait été exiger de son cœur qu'il cesse de battre ; le coup de reins suivant lui échappa aussi naturellement qu'un souffle et il crispa les doigts sur ses hanches.

— Comme ça ?

— Oui..., gémit Bianca en laissant aller sa tête en arrière. Oui, exactement comme ça.

Puis les mots s'évaporèrent tout à fait, car une vague de fièvre l'engloutit. Il l'emplissait si parfaitement ! Elle avait l'impression qu'elle était née pour accueillir Xanthos Antoniou au fond d'elle-même.

L'extase la fit crier alors qu'il la pénétrait plus profondément. Étrangement, son corps répondait parfaitement, sans aucun complexe ; ses hanches s'accordèrent sans effort à la cadence de Xanthos. Et n'était-elle pas plus transportée encore d'entendre ses soupirs saccadés, de voir son plaisir faire écho au sien ? Elle découvrait chez elle une sensualité qu'elle ne se connaissait pas et, consciemment, volontairement, elle s'abandonna à la plus pure des sensations physiques. Elle oublia les mots, le contrôle, l'angoisse et la tension ; il ne restait plus qu'elle, et Xanthos, et l'orgasme qui la traversa comme une onde de choc. Elle gémit contre sa bouche alors qu'il glissait ses mains brûlantes sous ses fesses, allant et venant en elle comme un homme possédé.

Puis, soudain, sur la crête du plaisir, il laissa échapper un gémissement aussi primal qu'érotique. Il retomba sur elle et, pendant un instant, dans la pulsation commune de leurs corps, il resta immobile.

Lorsqu'il rouvrit les paupières, il lui caressa la joue d'un geste tendre. Mais son regard était déjà vif, et elle le sentait : il était prêt à bondir.

Mais Bianca ne voulait pas gâcher leur étreinte avec une séance de questions. Oui, il était son premier amant ; et alors ? Elle avait voulu se perdre dans la force de leur désir. Cela ne voulait rien dire de plus.

Son cœur battait toujours la chamade. Elle sourit et décida de prendre le contrôle de la conversation :

— C'était extraordinaire.

Xanthos l'observa un long moment avant de répondre :

— Les femmes m'étonnent rarement, Bianca, mais tu me surprends sans arrêt. Tu es... une véritable contradiction.

— Oh ?

— Une femme sophistiquée, avec une carrière prometteuse, projetant une aura de modernité et de liberté... Et pourtant, entre les draps, une vierge rougissante.

Elle arqua un sourcil.

— Je ne me souviens pas d'avoir rougi.

— Tu rougis à cet instant précis, rétorqua-t-il.

De toute évidence, il ne la laisserait pas éviter le sujet. Elle soutint son regard et leva une main alanguie pour caresser sa pommette ciselée.

— Ne t'inquiète pas pour moi, Xanthos. Je suis moderne et je suis libérée. Mon inexpérience ne remet pas cela en cause.

Il hocha la tête, pensif.

— Je peux te demander pourquoi ? Si tu veux bien me répondre.

Bianca hésita un instant ; mais elle avait opté pour

toujours lui dire la vérité, ces derniers jours. Pourquoi ne pas continuer ? Après tout, elle ne le reverrait sans doute jamais.

— Je n'ai jamais vraiment pris le temps pour les hommes, admit-elle. J'ai passé la plus grande partie de ma vie à travailler pour avoir un avenir...

— Tu as grandi dans un palais, coupa-t-il, sceptique.

— *Près* d'un palais. Dans une maison prêtée par la Couronne, grâce au travail de mon père. Nous n'avions pas d'argent à nous et, quand mon père est mort, la différence de train de vie a été immédiate et radicale. Même à Monterosso, notre vie était rythmée par les caprices du roi ; j'ai su très tôt que je ne voulais pas vivre de cette façon. Je voulais vivre pour moi et sans l'aide de personne. Sois honnête, Xanthos. Est-ce que tu peux prétendre la même chose ?

Il haussa les sourcils.

— Tu crois que je suis né avec une petite cuillère en argent dans la bouche ?

— Je ne sais pas, dit-elle simplement. Je ne sais rien de toi.

Xanthos secoua la tête et leva les yeux vers la fenêtre, derrière laquelle sommeillaient les toits enneigés de Vargmali. Il aurait pu mettre fin à la conversation ; il aurait pu l'embrasser et sombrer à nouveau dans le plaisir. Mais, dans ce pays inconnu, alors que Noël arrivait sur la pointe des pieds, ses règles habituelles semblaient bien futiles. Cette nuit était magique : aussi éternelle que fugace, comme la neige qui étincelait sous la lune et aurait néanmoins fondu d'ici janvier.

Il ne pouvait pas révéler trop de lui-même, mais le besoin de se confier était plus fort que jamais. Depuis qu'il avait rencontré Corso, il ne pouvait s'empêcher de comparer leurs deux enfances ; le souvenir de ces années noires nourrissait une rancœur qu'il avait crue enfouie. Peut-être pouvait-il partager quelques détails avec Bianca. Quelques détails qui ne concernaient pas Corso et sa nouvelle femme.

— Ma mère s'est mariée très jeune, quand elle a découvert qu'elle était enceinte, avoua-t-il. Pendant seize ans, j'ai vécu dans la fortune et les privilèges.

Il s'attendait à ce qu'elle jubile, puisqu'il était bel et bien né avec « une petite cuillère en argent dans la bouche », mais elle se contentait de l'observer patiemment.

— Tu as eu une enfance heureuse ?
— Est-ce que quiconque a eu une enfance heureuse ?

Bianca haussa les sourcils.

— En voilà, une remarque cynique.
— Je suis cynique. C'est entre autres pour cela que je ne veux pas d'enfants.

Elle hocha la tête, pensive.

— Alors, tu étais malheureux ?

Comment pouvait-il bien expliquer la tension latente qu'il avait toujours sentie entre ses parents ? À l'époque, elle lui avait semblé naturelle, compte tenu de leur énorme différence d'âge ; comment auraient-ils pu se comprendre ? Il n'avait pas voulu reconnaître la rancœur avec laquelle son père le regardait parfois...

Le regard de sa mère avait été bien pire, cela dit.

— Oh ! je n'ai pas été battu ou maltraité, ne t'inquiète pas. Mais le jour de mes seize ans, mon père a décidé de m'offrir un cadeau assez peu conventionnel.

— Pas de voiture pour toi ?
— Non, ni de montre. À la place, il a décrété que je devais me soumettre à un test ADN. Un médecin est venu me faire une prise de sang le jour même.

Elle cligna des yeux, visiblement perplexe.

— Mais pourquoi ?
— Tu es une femme intelligente, Bianca. À ton avis ?
— Il pensait qu'il n'était pas ton père ?
— Exactement, sourit-il, glacial. Et il avait raison.
— Oh mon Dieu ! murmura-t-elle. Comment a-t-il réagi ?

Xanthos roula sur le dos et laissa son regard voguer vers la lumière argentée de la lune. Que lui arrivait-il donc ? Pourquoi ses défenses étaient-elles si fragiles lorsqu'il était avec Bianca ? Il aurait dû se taire. La conversation était allée assez loin. Pourtant, il y avait une sorte de catharsis dans cette confession. Bianca était différente. Elle écoutait, et il ressentait le besoin de continuer à parler. Alors, il s'entendit admettre ce dont il n'avait jamais parlé à personne :

— Il a posé un ultimatum à ma mère. C'était soit lui, soit moi. Elle pouvait rester auprès de lui, mais seulement si je partais.

Bianca rit nerveusement.

— Elle t'a choisi, toi, n'est-ce pas ?

Xanthos serra les dents. Il avait la gorge nouée. Voilà pourquoi il avait gardé tout cela secret, au fond de son esprit, intouché. La honte était trop puissante. Une mère qui choisissait de rejeter son seul fils...

Avait-il donc été si difficile à aimer ?

Malgré la souffrance, fouiller le passé était cependant une bonne leçon. Il pouvait prendre du recul ; il pouvait cesser de peindre la réalité aux couleurs du manque et de la solitude. Il savait que l'amour n'existait pas ; il était inutile de se laisser séduire par les fantasmes romantiques que la vie voulait mettre en travers de son chemin à coups de neige et de danses féeriques.

— Non, dit-il d'une voix dure. Elle a conclu très vite que j'avais de meilleures chances de survie tout seul qu'elle n'en avait elle-même : elle dépendait entièrement de son mari et n'avait pas d'argent à son nom. Ils m'ont jeté dehors.

Bianca se tourna vers lui, calée sur un coude, la cascade de ses cheveux couvrant ses seins nus.

— Et comment as-tu survécu ?

— J'étais élève dans une école prestigieuse de New York, et ils ne voulaient pas me voir partir. Ils se sont arrangés pour me faire bénéficier d'une bourse, et je suis resté là-bas comme pensionnaire.

— Et pour les vacances ?

— J'avais des amis très fortunés. L'un d'entre eux en particulier – Brad Wilson – m'invitait la plupart du temps à rester avec lui et sa famille.

Xanthos avait été un adolescent fier et froid, et il avait peiné à ne pas regarder la générosité avec suspicion. Il ne supportait pas la pitié. S'il était resté si souvent avec les Wilson, c'était parce qu'ils étaient réservés et ne posaient jamais de questions personnelles ; et peut-être avaient-ils apprécié sa présence justement parce qu'il était lui-même si peu expressif.

— Comment l'as-tu vécu ?

Il leva les yeux vers elle, pensif. Comment pouvait-il décrire cette période de sa vie ? Il n'était pas brisé, non ; mais il avait été obnubilé par sa propre indépendance, et toutes les façons dont il réussirait à la saisir. Étudier plus intensément et plus vite ; amasser assez d'argent pour vivre seul...

— J'étais reconnaissant de leur aide, admit-il, pensif. Mais leur rendre visite n'a fait que renforcer mes considérations sur la vie de famille. Avoir un cercle familial, c'est... étouffant. Après le lycée, je suis entré à Stanford pour faire des études d'informatique. J'ai quitté l'université pour ouvrir ma société de jeux vidéo deux ans plus tard.

— Tu vois toujours Brad ? s'enquit-elle.

La question le prit par surprise, tout comme l'éclair de douleur qu'elle provoqua en lui. Voilà qui lui rappelait pourquoi il fonctionnait mieux lorsqu'il était seul, libre de tout attachement.

— Malheureusement pas. Lui et son père sont morts dans un accident de bateau peu de temps après son master. Sa mère ne s'en est jamais vraiment remise et elle est morte un an et demi plus tard.

Bianca remarqua la tension qui émanait de lui, tombée comme un masque de glace sur ses traits. Elle était profondément touchée par ses confessions. Comment avait-elle pu le juger si vite ? Elle avait été cruelle depuis qu'elle avait croisé son chemin, alors qu'il avait enduré tant de peine... Comment ne pas lui pardonner son arrogance, maintenant qu'elle savait à quelles horreurs il avait dû faire face ?

— Tu n'as jamais demandé à ta mère qui était ton vrai père ? murmura-t-elle.

— Non, répondit-il en détournant les yeux.

Elle haussa un sourcil.

— Tu la vois toujours ?

— Non. Pas depuis le jour où elle m'a jeté dehors. Je ne sais même pas où elle vit.

— Et tu... tu ne crois pas que tu devrais essayer de la retrouver ?

— Pourquoi ferais-je une chose pareille ? s'enquit-il, tranchant.

Mais Bianca ne se démonta pas.

— Cela pourrait t'aider à passer à autre chose. La revoir adulte te permettrait de comprendre son point de vue.

— Non.

La réponse était claire et brusque comme un coup de feu, mais Bianca décelait le réflexe défensif derrière l'attaque et, impulsivement, elle lui caressa tendrement la joue, comme il l'avait fait avant de lui faire l'amour. Il lui avait donné le Noël le plus magique qui soit : dans ses bras, elle s'était sentie vivante. Elle ne voulait pas que la nuit s'arrête sur une querelle, ni qu'elle s'attarde sur l'amertume du passé. Elle voulait l'entendre gémir de plaisir.

Elle passa un doigt hésitant sur la courbe de ses lèvres et il frémit immédiatement ; contre elle, son corps tendu se fit chair et chaleur à nouveau. Un brasier étincelait dans ses yeux. Peut-être que lui aussi voulait faire durer cette nuit de passion, car il l'attira dans ses bras sans hésiter.

— Je ne veux plus en parler, murmura-t-il.

— J'avais deviné.

— J'ai d'autres choses en tête, tu comprends, sourit-il.

Bianca lui rendit son sourire ; elle aussi, à cet instant, ne songeait qu'au relief dur de son membre contre sa cuisse, puis à la passion dévorante de sa bouche lorsqu'il captura ses lèvres.

7

— Nous atterrirons à Londres dans quelques instants, annonça gaiement l'hôtesse. Nous espérons que votre vol s'est bien passé en notre compagnie.

Le verre de vin que Bianca avait encore dans la main était frais et délicieux, et son siège était d'un extrême confort, mais son cœur battait néanmoins la chamade lorsque l'avion amorça sa descente dans le brouillard venteux d'Angleterre.

Tout allait si vite ! Elle avait l'impression d'être montée sur un carrousel qui ne s'arrêtait pas ; c'était, sans aucun doute, le plus étrange matin de Noël de sa vie.

En face d'elle, Xanthos avait installé sa haute stature dans le fauteuil de cuir et observait le paysage par la fenêtre ; c'était lui qui avait fait affréter ce jet privé et, le matin même, ils avaient quitté le petit village de Kopshtell sous une neige magique, les oreilles pleines du chant des cloches. Beaucoup de villageois s'étaient même rassemblés pour leur dire au revoir. Le cœur de Bianca s'était envolé lorsqu'elle avait étreint Ellen et lui avait promis qu'ils reviendraient un jour leur rendre visite.

Avait-elle été présomptueuse lorsqu'elle avait inclus Xanthos dans cette déclaration qui ne pouvait malheureusement pas être une promesse sincère ? Était-ce pour cela qu'il s'était montré si distant, pendant les deux heures de leur vol ?

Après une longue nuit d'extase, elle avait cru qu'ils étaient aussi proches que deux personnes pouvaient l'être, mais le réveil avait violemment brisé ses illusions ; car lorsqu'ils s'étaient traînés hors du lit avant l'aurore pour attraper leur avion, ils n'avaient partagé aucune caresse, aucun sourire, pas même un regard complice. Xanthos avait passé un costume impeccable alors qu'elle ne portait qu'un jean et un pull. Le fossé s'était encore creusé pendant le vol : il avait passé deux heures à travailler sans lui adresser la parole. Aucun témoin ne leur aurait prêté une liaison. Son attitude était raide, distante. Rien ne laissait à penser que, quelques heures plus tôt, il l'avait vue se cambrer, emportée par le plaisir, et lui avait confié les vérités cruelles de son éducation – des confessions qu'elle devinait bien rares.

Regrettait-il d'avoir été aussi honnête avec une inconnue ?

Quant à elle... Elle ne savait comment interpréter ses propres émotions. Elle était à fleur de peau. Elle s'était sentie en sécurité dans ce petit village, haut dans les montagnes de Vargmali ; comme si le monde extérieur ne pouvait l'atteindre tant qu'elle était sous la protection de l'hôtel. Mais maintenant, elle ne savait à quoi s'attendre de la part de Xanthos. Qu'étaient-ils l'un pour l'autre ? Juste une aventure d'un soir ? Elle n'avait pas l'intention de le prendre en chasse. Elle n'avait jamais dépendu de personne ; elle ne dépendrait pas de lui non plus.

Elle s'était penchée vers le hublot pour regarder les champs verts d'Angleterre lorsque la voix rauque de Xanthos brisa sa méditation.

— Alors, qu'as-tu prévu de faire après l'atterrissage ?

Elle inspira profondément, déterminée à rester de marbre face à sa beauté sombre et hâlée.

— Je te l'ai dit, l'autre jour. Juste une journée tranquille, chez moi.

— C'est vraiment ce que tu veux ?

Bien sûr que ce n'était pas ce qu'elle voulait ! Quel idiot ! Elle voulait qu'il l'embrasse, qu'il lui dise qu'elle était belle, qu'il la prenne dans ses bras...

— Pourquoi, il y a une autre option ? sourit-elle.

— J'ai une suite au Granchester.

Elle cligna des yeux.

— Tu as une suite, le jour de Noël, dans l'un des plus grands hôtels de Londres ?

Il haussa les épaules ; des épaules si larges et si puissantes...

— Le propriétaire est un de mes amis.

Bien sûr. Elle baissa les yeux et tripota sa ceinture.

— Je pensais... que tu allais en Suisse.

— C'était le plan, mais j'ai changé d'avis. Je vais rester à Londres quelques jours.

Il soutint son regard, le visage impassible.

— Je me disais que tu voudrais peut-être te joindre à moi.

Si seulement elle avait été dans un contexte professionnel, un contexte où elle aurait eu la distance nécessaire pour lever le menton et demander des détails sur sa situation d'un ton froid et assuré... Mais elle ne se sentait pas professionnelle pour un sou. Ils avaient passé la nuit ensemble, elle avait découvert le sexe pour la première fois, et elle n'était pas sûre de savoir comment en gérer les conséquences. Elle ne connaissait pas les règles de la séduction. Elle ne voulait qu'une chose : se jeter dans ses bras pour faire pleuvoir des baisers sur son beau visage. La nuit précédente, il l'aurait attrapée en souriant ; mais aujourd'hui, à la lumière du jour... Elle était prête à parier qu'il n'accueillerait pas ce comportement avec bonne humeur.

— Je vais y réfléchir, dit-elle.

Xanthos hocha la tête et croisa les bras. Il n'aurait pas su dire s'il était amusé ou insulté par cette réponse bien tiède. Il était en proie au dilemme. Il n'avait jamais connu une telle alchimie, avec quiconque. Il ne s'était *jamais* confié à quiconque. Mais il devait mettre les choses au clair : quoi qu'ils partagent, ce n'était qu'une escapade éphémère. Elle ne savait toujours pas qui il était vraiment, et il n'avait pas l'intention de lui en parler. Simplement, il n'était pas prêt à la laisser partir, pas tout de suite. Et il avait la parfaite excuse pour prolonger leur liaison sans pour autant lui faire miroiter une idylle plus sérieuse.

— Mon équipe m'a contacté. Des journalistes attendent notre atterrissage, annonça-t-il en rassemblant ses papiers.

— Des... journalistes ?

— Tu sais, ces gens qui écrivent des articles souvent accompagnés d'illustrations.

— Très drôle. Je veux dire : pourquoi nous attendent-ils ?

Elle fit la moue et, pendant un instant, il se laissa distraire par le souvenir de ces lèvres pulpeuses fermées autour d'une partie très intime de son anatomie.

Il s'éclaircit la gorge et se déplaça légèrement dans son siège, soudain gêné par l'étroitesse de son pantalon.

— À ton avis ? s'enquit-il. Ta sœur est la nouvelle reine de Monterosso, et je suis connu dans le monde des jeux vidéo et de la finance. Notre avion s'est écrasé dans les montagnes d'un petit pays méconnu, et nous avons été sauvés par un autochtone aux airs de marraine-fée. Nous avons ensuite passé la nuit dans un hôtel de charme, et comme je suis riche et célibataire, les spéculations sur ma vie privée vont toujours bon train. Qui plus est, il n'y a jamais beaucoup de nouvelles intéressantes le jour de Noël. Tu comprends pourquoi ils voudraient nous parler ?

— Je ne dirai rien à personne ! s'écria Bianca.

— Moi non plus. Une voiture viendra nous chercher

sur la piste et nous emmènera directement à Londres. Nous allons atterrir d'ici cinq minutes. Alors dis-moi, tu as réfléchi à ma proposition, Bianca ?

Il arqua un sourcil tentateur.

— Tu peux te joindre à moi et passer Noël au Granchester, ou je peux te déposer où tu en as envie. Choisis.

Oh ! elle était tentée de l'envoyer sur les roses. Il était si désinvolte ! Comme si elle ne valait rien à ses yeux, comme si la tendresse qu'elle avait entr'aperçue cette nuit n'était que le fruit de son imagination. Peut-être que la douceur n'était acceptable que sous le couvert des ténèbres et disparaissait à la lumière du jour.

Mais n'aurait-il pas pu au moins sceller sa proposition avec un baiser ? Il était si... froid.

Elle baissa les yeux sur ses ongles, le visage neutre. Elle ne pouvait pas lui montrer sa déception... ni sa peur. Car oui, elle avait envie de suivre Xanthos ; mais n'était-ce pas jouer avec le feu ?

Leur nuit d'amour lui avait semblé inévitable : elle savait qu'elle ne la regretterait jamais. Mais *cette* décision, aujourd'hui, était la transformation d'une étreinte spontanée en liaison réfléchie. Elle savait ce qu'elle aurait dû faire : le remercier, lui dire au revoir, et protéger son cœur. Mais n'avait-elle pas passé toute sa vie dans l'ombre de la prudence, accrochée à la rationalité plutôt qu'au plaisir ? Elle avait toujours été Bianca, diligente. Bianca, austère. Bianca, responsable. Avec Xanthos, elle découvrait une nouvelle Bianca, une Bianca passionnée, et elle n'avait pas envie de refermer la porte, pas tout de suite.

— Je veux bien passer Noël avec toi, dit-elle finalement, d'un ton aussi dégagé que possible. Au moins, je n'aurai pas besoin de cuisiner ou de faire la vaisselle.

Il sourit et se contenta de hocher la tête.

En voyant l'attroupement de journalistes à la descente de l'avion, Bianca se félicita de sa décision ; les flashs étincelaient dans tous les sens, et la presse criait leur nom derrière les cordons de sécurité. Elle ne préférait pas imaginer ce à quoi elle aurait dû faire face devant sa propre porte. La voiture aux vitres teintées était un refuge et, en quelques minutes, ils s'échappaient déjà vers l'autoroute.

— Ces gens sont fous, soupira-t-elle en s'enfonçant dans la banquette en cuir.

— Tu as beaucoup d'expérience avec la presse ?

— Pas vraiment. J'ai refusé une ou deux interviews quand les fiançailles de ma sœur ont été annoncées et, quelques jours avant le mariage, des paparazzis m'ont photographiée en train d'acheter du lait à la supérette.

Elle secoua la tête avec un demi-sourire.

— La photo était tout sauf flatteuse. La légende s'interrogeait sur ce que j'allais bien pouvoir porter au mariage pour camoufler mes horribles défauts.

— Et comment tu l'as pris ?

Elle s'accorda une seconde de silence, pensive.

— Pas très bien, admit-elle. Surtout parce que je ne m'y attendais pas. Je suis une anonyme. J'ai été prise au dépourvu lorsque la nouvelle célébrité de Rosie s'est avérée contagieuse.

— Tu approuves son mariage ?

Bianca inclina la tête. Xanthos ne manquait jamais de la surprendre. Il se montrait parfois parfaitement nonchalant, et quelques minutes plus tard semblait sincèrement intéressé par sa vie, son opinion, son passé. Elle haussa les épaules.

— Disons que je n'ai pas toujours été une grande fan de Corso.

— Oh ?

Il avait répondu avec la plus parfaite décontraction, mais son corps était tendu et alerte. Bianca l'observa attentivement.

Elle ne savait comment expliquer sa réaction. Était-ce simplement un esprit de compétition trop aiguisé ? Non, il y avait quelque chose de plus profond...

— Je le trouvais arrogant. J'avais peur qu'il lui brise le cœur.

— Pourquoi donc ?

— Parce que Corso est riche, roi, et qu'il a eu de nombreuses amantes, alors que Rosie est très idéaliste. Une relation avec un homme comme lui ? Elle a dû se sentir dépassée bien souvent.

— Mais tout est bien qui finit bien.

— Le pouvoir de l'amour, j'imagine, murmura-t-elle.

Elle aurait aimé parler sur le ton de la plaisanterie, mais elle ne parvint pas à cacher un accent de mélancolie.

En réponse, Xanthos leva un sourcil cynique.

— Ne me dis pas que tu crois à ce genre de choses.

Bianca hésita. Elle aurait sans doute dû lui mentir, mais quelque chose lui soufflait de rester honnête. Voulait-elle, d'une certaine façon, lui montrer qui elle était ? Le prévenir, le supplier en silence de ne pas jouer avec son cœur ?

— J'y crois, si, dit-elle doucement. Ma mère et mon père s'aimaient très profondément. Avant l'accident de mon père, leur mariage était le fondement de notre foyer. Nous avons vu et vécu dans l'amour, avec Rosie. Un jour, j'aimerais donner la même chose à ma famille. Si je rencontre la bonne personne.

— Bianca...

Elle l'interrompit par un petit rire.

— Oh non, ne t'inquiète pas ! Je ne t'inclus pas dans ces considérations, Xanthos. Je veux un partenaire, c'est vrai, mais ce sera un homme stable et bon qui voudra lui aussi une famille et ne fera pas de vagues. Tu es l'antithèse de mon idéal. Tu n'es pas l'homme qu'il me faut. Sans vouloir te vexer.

— Je ne suis pas vexé. C'est vrai. Et je suis soulagé de te l'entendre dire. Je n'ai pas l'intention de me marier et l'amour, pour moi, n'est qu'un mot que tout le monde utilise à tort et à travers. Il vaut mieux pour toi que tu me voies pour ce que je suis.

Sans transition, il lui décocha un sourire dangereusement sexy.

— Est-ce que tu sais à quel point je te veux, Bianca ?

Le cœur de Bianca partit au galop.

— Peut-être..., déclara-t-elle sans se démonter.

— Alors il serait peut-être temps d'être proactive, tu ne penses pas ?

— Je ne sais pas... C'est toi, l'expert, sourit-elle.

— Oui, mais...

Il se pencha vers elle, et elle le vit fermer les yeux et humer son parfum avant de commencer à déboutonner son manteau. Il était aussi troublé qu'elle. Cette conviction apaisa ses doutes. Il se mit à toucher son sein, à travers la laine épaisse de son pull, caressant le téton jusqu'à ce qu'il durcisse sous son pouce.

— Mais ?

— Mais avec toi, j'ai l'impression d'être un novice, admit-il dans un murmure.

Elle ne savait si c'était une bonne ou une mauvaise chose, mais la magie de ses doigts lui fit bien vite oublier toute introspection. Elle laissa retomber sa tête contre le dossier. De son autre main, Xanthos remontait lentement le long de sa cuisse, et une faim insatiable monta en elle, brûlante, prête à avaler toute logique.

Dans un dernier sursaut de pudeur, elle rouvrit les yeux.

— Et le chauffeur ?

— Ne t'inquiète pas, il ne peut pas nous voir, souffla-t-il alors que ses lèvres chaudes glissaient sur sa mâchoire. Ou nous entendre.

— Tu es sûr ?

— Absolument. J'exige toujours une séparation totale quand je loue une voiture.

Elle aurait préféré qu'il garde cela pour lui : le commentaire ne fit que convoquer dans son esprit des images d'autres femmes, d'autres étreintes, dans d'autres véhicules. Pourtant, elle écarta les cuisses lorsque la main de Xanthos s'y faufila. D'un index inquisiteur, il la tortura délicieusement, avec pour seule arme la couture de son jean.

— Xanthos...

— Xanthos, quoi ? susurra-t-il, et l'insolence dans sa voix ne fit que l'exciter plus encore.

Elle voulait le supplier de lui déboutonner son jean et de toucher sa peau ; de faire jouer sa bouche sur sa chair humide, comme il l'avait fait si incroyablement la veille. Mais elle ne pouvait articuler un seul mot ; elle n'était plus qu'un long gémissement de plaisir.

Elle jouit vite et violemment, en tremblant contre sa main alors qu'il capturait sa bouche dans un baiser ardent. Aveugle, elle trouva à tâtons le relief dur de son membre ; mais il lui saisit le poignet d'une main de fer, les lèvres pressées contre son oreille.

— Non. Pas ici. Pas maintenant.

Elle rouvrit les yeux.

— Tu n'as pas envie ?

Elle n'avait pas pu cacher sa confusion, et le silence qui lui répondit lui sembla durer une éternité.

— Plus que tu ne peux l'imaginer, dit-il enfin, d'une voix raidie par la tension. Mais j'ai toujours trouvé que la retenue forme le caractère. Surtout quand...

Il se tut et resserra sa cravate.

— Quand quoi ? insista-t-elle.

Il secoua la tête, les lèvres pincées, comme s'il en avait déjà trop dit. Comme s'il voulait prendre ses distances, physiquement et mentalement. Il se rassit, raide, à l'extrémité de la banquette, et garda les yeux fixés sur la route jusqu'à ce qu'ils s'arrêtent devant l'entrée grandiose du Granchester.

8

Un immense sapin dominait l'atrium luxueux du Granchester, et Bianca leva les yeux vers ses branches lourdement décorées, dont le concierge décrivait les précieux ornements avec extase – les boules de Noël en forme de grenades étaient un hommage au propriétaire de l'hôtel, Zac Constantinides. Pourtant, face à ces cristaux précieux et ces lumières fastueuses, Bianca ne pouvait que ressentir une sorte de déception : rien n'était aussi magique que la chaleur simple et honnête du sapin qu'ils avaient laissé derrière eux à Kopshtell.

Elle était encore secouée par ce qu'elle avait partagé avec Xanthos dans la voiture.

Non, « partagé » n'était pas le bon mot. Il ne s'était pas vraiment... *impliqué*, gardant une distance inflexible. Et maintenant qu'ils étaient de retour dans le vrai monde, le Xanthos qui l'avait fait tourner sur elle-même au son des mélodies traditionnelles de Vargmali semblait avoir disparu. Ici, il était un entrepreneur riche et intransigeant ; tout le monde était à son service ; les employés du Granchester se battaient pour avoir le privilège de répondre à ses requêtes. Il était habitué à ce traitement, elle le voyait bien.

Elle resta silencieuse dans l'ascenseur privé qui les mena

à leur vaste suite, une perle de luxe dotée d'incroyables baies vitrées et de chandeliers étincelants.

— On est quand même mieux ici qu'à l'hôtel de Kopshtell, non ? s'enquit-il avec arrogance en l'aidant à retirer son manteau.

Bianca haussa les épaules. Toute cette opulence ne la touchait pas. Elle avait aimé la rusticité de l'hôtel ; elle avait même, d'une certaine façon, apprécié le caractère spartiate de leur abri de secours. Tout était plus simple, dans un monde sans pouvoir.

— J'imagine...
— Tu n'as pas l'air très enthousiaste.
— J'ai beaucoup aimé Vargmali.
— Je suis sûr qu'on peut te faire aimer le Granchester...

Il lui décocha un sourire acéré et déboutonna son jean d'une main experte avant de lui retirer son pull. Très vite, elle se laissa tomber sur le sofa, seulement vêtue de sa culotte et de son soutien-gorge ; il avança vers elle de son pas félin en se déshabillant à son tour.

Son corps hâlé trahissait son désir, mais son visage restait fermé et impassible. Avait-elle donc imaginé l'homme brûlant et passionné avec qui elle s'était unie la veille ?

Elle se coucha sur une pile de coussins en soie et tenta de se concentrer sur l'instant présent. Elle ne se repaîtrait jamais de sa beauté. Là, dans toute la gloire de sa nudité, il était absolument magnifique. Elle était encore incrédule d'avoir pu accueillir en elle son membre à la taille impressionnante. Comme si elle avait été faite pour lui.

— Ne me regarde pas comme ça, dit-il d'une voix étrange.
— Comme quoi ?

La gorge de Xanthos s'était nouée. C'était comme si... Comme si elle avait envie de le dévorer. De l'ensorceler. De l'accueillir en elle et de ne jamais le laisser partir.

Oui, c'était ce qu'ils s'étaient donné l'un à l'autre, d'une certaine façon. Elle lui avait offert sa virginité et il lui avait offert ses secrets. Pouvait-il se permettre de continuer sur cette pente dangereuse ? Il était trop vulnérable ; il voulait reprendre le contrôle.

— Peu importe, dit-il brusquement. Fais-moi de la place.

Il échappa à ses pensées moroses en lui enlevant ses sous-vêtements aussi lentement que possible, comme pour prouver sa maîtrise de lui-même. Et pourtant, il ne put s'empêcher d'admirer sa splendeur, comme s'il la voyait pour la première fois. Elle était magnifique. Petite et douce, tout en courbes fermes. Ses seins blancs étaient couronnés de tétons d'un rose soutenu et, entre ses cuisses, un triangle de poils sombres protégeait la chair mielleuse qu'il avait léchée si intensément quelques heures auparavant.

D'une main, il caressa lentement un de ses seins et observa son visage qui se transformait sous l'assaut du désir – ses beaux yeux verts qui s'assombrissaient, ses hanches qui ondulaient contre lui...

— Je n'arrive pas à croire que tu étais vierge...

Elle mordit sa lèvre inférieure, sans savoir, sans doute, qu'elle lui apparaissait ainsi encore plus provocante.

— Parce que... je n'étais pas très bonne ?
— Pas très bonne ? sourit-il.
— En matière de sexe, précisa-t-elle.

Il secoua la tête et laissa sa main glisser entre ses cuisses.

— Au contraire. Tu semblais née pour ça.
— Tout le monde l'est, d'une certaine façon, répondit-elle d'une voix très raisonnable, quoique enrouée par le plaisir que lui donnaient ses doigts.

Et il ne put se contenir : il laissa échapper un petit rire surpris. Ses compagnes l'amusaient rarement, et jamais au lit.

— Qu'est-ce que tu as préféré ?
— Tout. J'aime tout.

Elle ferma délicatement les paupières, s'abandonnant à sa

caresse. Xanthos la contempla avidement. Le compliment était précieux mais trop inconditionnel à son goût. Il ne voulait pas qu'elle se découvre des sentiments pour lui, et pas seulement parce qu'elle était la belle-sœur de son roi de frère.

Oui, elle avait dépassé toutes ses attentes au lit : leur compatibilité physique était aussi incroyable qu'indéniable. Et si elle semblait avoir un talent inné pour lui donner du plaisir, qu'en était-il de ses émotions ? Saurait-elle séparer la satisfaction physique de l'affection ? Il connaissait les femmes : trop souvent, elles attachaient une valeur sentimentale à des actions parfaitement détachées.

— Dans ce cas, laisse-moi te montrer un peu de mon répertoire...

— On dirait que tu vas entreprendre une performance..., marmonna-t-elle.

— Tout, dans la vie, est une performance.

Bianca aurait été tentée de continuer le débat s'il ne l'avait pas embrassée à perdre à haleine. Bientôt, il se glissait en elle et toutes ses inquiétudes s'évaporèrent emportées dans l'extase.

Un peu plus tard, après avoir pris une douche brûlante, elle revint dans le salon vêtue d'un confortable peignoir blanc et découvrit que Xanthos avait fait la même chose, seul, dans une *autre* salle de bains. Lui aussi portait seulement un peignoir, et lui aussi avait les cheveux humides. Il s'était assis à une table drapée d'une nappe immaculée, placée devant les grandes baies vitrées donnant sur le parc. Il était concentré sur son téléphone. Elle aurait aimé qu'il la rejoigne sous la douche plutôt que d'opter pour une toilette séparée, mais elle ravala son commentaire.

— J'ai commandé à manger. Viens t'asseoir, dit-il.

Elle lui obéit en silence. La table était mise : sans crier gare, son estomac se mit à gronder, et elle se servit avec enthousiasme une portion de homard, de feta, de tarte aux épinards ; tout était un délice absolu. Elle piocha ensuite dans le fromage français, le raisin couleur de rubis, les prunes cuites dans de la crème épaisse... Xanthos lui servit un verre de champagne scintillant comme des éclats de diamant.

— Tu vas voir, il est délicieux, dit-il.

Elle hocha la tête mais n'avala qu'une gorgée ; l'alcool la rendait trop vulnérable. Et cette inquiétude la ramena brutalement sur terre.

Si elle voulait garder la tête froide, c'était parce qu'elle perdait le contrôle : tout allait trop vite. Beaucoup trop vite.

— Tu es vraiment ami avec le propriétaire de l'hôtel ? s'enquit-elle, décidée à freiner son angoisse.

— Zac ? Oui. Nous nous connaissons depuis longtemps et nous nous voyons de temps en temps. Tu le rencontreras un peu plus tard, d'ailleurs.

Elle leva les yeux vers lui, surprise.

— Si tu en as envie, bien sûr, ajouta-t-il.

— Tu veux dire qu'il vit ici ? Dans l'hôtel ?

— Non. Il vit avec sa femme à Hampstead, mais apparemment ils emmènent toujours leurs enfants pour voir le sapin pendant l'après-midi de Noël. Il avait envie de prendre de mes nouvelles, et j'ai accepté son invitation.

— Cela me ferait très plaisir.

— Parfait, dit-il, ses yeux sombres brillant comme une flamme d'obsidienne. Mais d'abord, je veux que tu effaces cette expression inquiète et que tu viennes plus près pour que je t'embrasse.

— Ou *tu* peux venir plus près, rétorqua-t-elle.

— Je pourrais. Mais pour cela, il faudrait que je bouge. Et je ne suis pas sûr d'en être capable, dit-il avec un coup d'œil vers son bas ventre.

Bianca rougit et, vaincue, se leva pour le rejoindre. Aussitôt, il l'attrapa par la taille et ouvrit les pans de son peignoir pour poser la bouche sur son sein tendu. Fébrile, elle chercha à son tour le relief rigide de son érection. Elle s'empressa de s'asseoir sur ses genoux.

Elle ne le quitta pas des yeux pendant qu'elle le chevauchait allègrement. Un enivrant triomphe se mêla à son plaisir lorsqu'il rejeta enfin la tête en arrière, les paupières closes, et laissa échapper un gémissement ; pendant une minute, emplie de lui, elle oublia tous ses doutes et savoura la sensation euphorique de lui donner du plaisir.

Mais le doute revint quand arriva le moment de trouver quoi porter pour rencontrer les amis de Xanthos. Connaissaient-ils beaucoup de ses amantes ? Que penseraient-ils d'elle, qui n'était qu'une petite avocate parfaitement inconnue ? Elle pêcha dans sa valise une robe courte d'un carmin festif. Elle n'avait plus qu'à espérer que les Constantinides seraient polis, même s'ils n'approuvaient pas sa présence.

Néanmoins, sa nervosité s'évapora bien vite, car Zac et sa femme, une jolie Anglaise aux cheveux blonds, étaient absolument adorables. Ils avaient deux enfants – Leo, un petit garçon sérieux aux cheveux sombres, et Eva, un bébé blond qui ressemblait comme deux gouttes d'eau à sa mère. Eva tomba immédiatement amoureuse de Bianca, ou plutôt, de ses longs cheveux, et referma un petit poing potelé autour d'une mèche soyeuse.

Comme Emma se répandait en excuses et s'efforçait d'ouvrir les doigts de sa fille, Bianca se mit à rire.

— Ne t'inquiète pas, ça ne me dérange pas du tout. Ce serait peut-être plus pratique si je la portais ?

— Tu peux essayer, mais elle n'aime pas trop les inco... Oh ! rit Emma lorsque Eva s'agrippa allègrement au cou de Bianca. Apparemment, tu es privilégiée.

Bianca sourit, la petite tête d'Eva nichée sous son menton. Son odeur de bébé, si propre et fraîche, lui serra le cœur.

Le manque la submergea violemment. Aurait-elle un jour l'occasion de serrer son propre bébé dans ses bras ?

Alors qu'elle pressait la joue contre les cheveux d'Eva, elle croisa le regard ébène de Xanthos. Était-ce un avertissement qu'elle y lisait ? Le cœur étrangement lourd, elle rendit finalement le bébé à Emma et suivit la famille Constantinides dans le grand hall.

La majorité des employés du Granchester avaient formé une haie d'honneur pour accueillir leur patron ; le concierge offrit, au nom de tous, un nounours et un tambour à leurs enfants, qui accueillirent leurs cadeaux avec de grands cris. Ensuite, ils s'installèrent ensemble dans le célèbre jardin d'hiver de l'hôtel, où on leur servit du thé. La cour, au-delà des grandes vitres de la véranda, était illuminée de petites lumières blanches et d'étoiles en argent tressées aux branches des arbres. De l'autre côté du restaurant, dans une vitrine de Noël, une patinoire miniature sur laquelle tournoyaient des marionnettes en patins attira l'attention des enfants, et les deux hommes les accompagnèrent pendant que Bianca et Emma commandaient du thé au gingembre.

Après le départ du serveur, Emma se pencha en avant.

— J'ai entendu dire que vous aviez eu un terrible accident.

Bianca hocha la tête ; elle ne pouvait pas vraiment avouer que ce qui s'était déroulé *ensuite* avait adouci l'horreur de leur atterrissage forcé.

— Oui, la situation était désespérée... Mais Xanthos a été vraiment extraordinaire.

— Oui, il sait garder la tête froide. Il nous a dit qu'il t'avait rencontrée à Monterosso, au mariage de ta sœur.

— C'est ça.

— Xanthos nous surprend constamment, rit Emma. Nous ne savions même pas qu'il connaissait le roi. Mais tu sais, il a très bonne mine, aujourd'hui. Je ne l'ai jamais vu aussi souriant. Tu dois avoir une bonne influence.

Bianca détourna le regard. Elle ne voulait pas entendre ce genre de choses. Les mots d'Emma ne faisaient qu'attiser un espoir impossible, l'espoir d'un futur qui ne serait jamais sien, avec un homme qui voulait des choses bien différentes d'elle-même.

Pendant ce temps, Xanthos, qui traversait le restaurant avec Zac et ses enfants, ne pouvait s'empêcher de jeter des coups d'œil subreptices à Bianca. Elle bavardait tranquillement avec Emma, comme si les deux femmes étaient amies depuis des années.

L'appréhension croissait très vite en lui – et avec elle l'intuition incroyable que cette femme avait le pouvoir de le déstabiliser. Il avait vu sa réaction avec Eva ; la façon dont son visage s'était adouci, plein de rêves et de tendresse, lorsqu'elle avait serré le bébé dans ses bras. Il avait reconnu les signes : elle avait hâte d'être mère et, qu'elle en soit consciente ou non, il avait bien l'intention de prendre garde à cet avertissement implicite. Il s'était laissé amadouer par son innocence, par l'émerveillement de son éveil sexuel ; mais il ne devait pas perdre la tête.

Ils burent un thé tous ensemble avant de se quitter sur une chaleureuse invitation des Constantinides à venir leur rendre visite à Santorin dès qu'ils désireraient prendre des vacances en Grèce. Après leurs au revoir, Xanthos et Bianca remontèrent dans leur suite.

— Ils font une très belle famille, dit Bianca pour rompre le silence dans l'ascenseur.

— C'est vrai, répondit prudemment Xanthos, d'une voix neutre.

— Tu les vois souvent ?

— Non. Nos vies sont très différentes, maintenant.

Il lui jeta un coup d'œil. Il sentait sa nervosité soudaine. Lorsque les portes de l'ascenseur coulissèrent, elle sortit la première et, sans un regard en arrière, alla se poster devant la baie vitrée.

— Oh ! regarde. Il neige.

La remarque était anodine. Elle ne cachait pas ce dont ils étaient tous les deux conscients : un sujet crucial devait être abordé, et Xanthos n'avait pas l'intention d'attendre plus longtemps.

— Bianca...

Elle se tourna vers lui. Instantanément, il comprit que quelque chose avait changé entre eux. Elle l'observait, alerte et vive ; elle avait relevé le menton, prête à entrer sur le champ de bataille. Elle n'était plus son amante innocente ; elle avait couvert ses traits d'un masque froid, rationnel. Celui d'une avocate au sommet de sa profession.

Et s'il brûlait de traverser la pièce pour faire fondre sous ses baisers sa bouche plissée, il savait que ce désir n'était qu'indulgence.

Et le temps de l'indulgence touchait à sa fin.

— Je suis désolé. Je ne peux pas te donner ce que tu veux.

— Épargne-moi les discours, Xanthos, dit-elle tranquillement.

Elle lui lança un sourire digne qui le toucha en plein cœur.

— Tu ne sais pas ce que je vais dire...

— Tu vas me dire que nous n'avons pas de futur. Je te l'ai déjà dit : je suis d'accord.

— Vraiment ?

Elle arqua un sourcil.

— Bien sûr, déclara-t-elle. Je ne suis pas stupide. Qu'est-ce que tu crois, que j'allais supplier pour un dîner aux chandelles ? Ou pour synchroniser nos agendas alors que tu vis à New York et moi à Londres ? Nous n'attendons pas les mêmes choses de la vie.

Incroyablement, il se sentit froissé par sa froide logique.

— Tu veux une famille, renchérit-il. Continuer cette liaison serait une grave erreur.

— Exactement. Je ne m'attendais pas à ce qu'une nuit au Granchester débouche sur une relation, Xanthos. Je ne suis pas expérimentée, mais je suis une femme moderne. Je ne t'ai pas menti quand je t'ai dit que je n'attendais rien de toi. Alors, qu'en penses-tu ? Pourquoi ne pas nous séparer maintenant, en bons termes, et garder un bon souvenir de ce que nous avons partagé ?

Et, pour la première fois depuis très, très longtemps, Xanthos se trouva bouche bée, incapable de répondre.

9

— Alors... est-ce que Xanthos a dit quelque chose ? s'enquit Rosie d'un ton inquisiteur.

Bianca leva les yeux au ciel. Sa sœur parlait toujours de Xanthos d'un ton lourd de sens, mais ne lui donnait jamais plus d'informations. Elle commençait à croire qu'il lui manquait une pièce du puzzle.

— Bien sûr qu'il a dit quelque chose, Rosie. Tu ne crois pas que nous avons passé douze heures dans la montagne sans nous adresser la parole, n'est-ce pas ?

— Ce n'est pas ce que je veux dire !

— Alors qu'est-ce que tu veux dire, Rosie ?

Elle était trop agressive, elle le savait – mais l'acidité était devenue un bouclier bien longtemps auparavant, et Rosie en faisait souvent les frais.

— Je sais que tu es reine, maintenant, mais je ne suis pas un de tes loyaux sujets et je ne vais pas m'évertuer à lire dans tes pensées si tu ne craches pas le morceau.

— Tu es injuste, Bianca.

— Dis-moi seulement ce que tu veux savoir, d'accord ? Mon temps est limité. Tout le monde n'a pas un trône à domicile. Je travaille pour survivre, moi.

Rosie laissa échapper un soupir exaspéré.

— Ça non plus, ce n'est pas juste, rétorqua-t-elle. Tu es insupportable quand tu es de cette humeur. Quand viens-tu nous rendre visite à Monterosso ?

— Pas avant un moment.

Bianca pinça les lèvres et regretta immédiatement son ton coupant. Si elle souffrait tant, ce n'était pas la faute de Rosie. Xanthos lui manquait terriblement, et ce sentiment l'avait prise par surprise. Elle avait tenté de rationaliser leur liaison : elle le connaissait à peine, elle avait souvent trouvé sa personnalité insupportable.

Mais en vain.

Sa peine la tourmentait avec une puissance féroce, et leur séjour forcé dans les montagnes enneigées semblait avoir créé une intimité fulgurante dont elle ne pouvait ignorer la force.

Néanmoins, elle n'avait pas besoin de confier cela à Rosie. Si elle partageait sa douleur, elle ne ferait que la rendre plus réelle et plus durable. Elle voulait passer à autre chose. Et pour cela, elle allait éviter de retourner tout de suite à Monterosso. C'était l'endroit où elle avait rencontré Xanthos et elle n'avait pas besoin de cette association pour le moment. D'une voix adoucie, elle reprit :

— J'essaierai de venir au printemps, je te le promets. Mais pour l'instant, j'ai trop de travail.

Cependant, après avoir raccroché, Bianca ne se remit pas immédiatement au travail. Elle resta assise à son bureau, les yeux perdus sur le calendrier mural qu'elle achetait chaque année, même si ceux-ci étaient de nos jours considérés comme vieillots. Le mois de janvier affichait une photo de perce-neige autour d'un large tronc d'arbre. Habituellement, elle adorait les fleurs d'hiver ; aujourd'hui, l'image lui semblait aussi morose que son propre cœur.

Comment avait-elle pu laisser Xanthos s'insinuer si vite en elle ? Comment allait-elle échapper aux souvenirs de ces quelques jours pleins de surprises, d'extase, de fascination ?

Était-elle envoûtée parce que le sexe avait été si extraordinaire ? Parce que Xanthos était son premier amant ? Parce qu'elle fantasmait sur le couple qu'ils avaient brièvement formé ?

Elle l'avait quitté la première. Elle l'avait fait par fierté, car elle avait deviné ce qu'il s'apprêtait à dire. Et si sa déclaration parfaitement délivrée avait soulagé Xanthos, la surprise qui était passée sur ses traits ne lui avait pas échappé. Ses amantes s'accrochaient-elles habituellement au privilège de sa présence ? Sans doute. Cela expliquait son intolérable arrogance.

Mais tout cela n'avait plus aucune importance. Il ne lui restait qu'une chose à faire : laisser cette parenthèse derrière elle. Elle pouvait bien trouver un petit ami, comme toutes les femmes de son âge. Un homme stable et réservé qui voulait une famille. Peut-être que Xanthos avait été un catalyseur. Maintenant qu'elle était prête... qu'attendait-elle ?

Elle avait téléchargé des applications, appris les règles des sites de rencontres ; elle avait décidé de ne jamais accepter un dîner pour le premier rendez-vous, au cas où son compagnon serait ennuyeux à pleurer. Un verre suffisait pour juger.

Le problème, c'était que tous les hommes lui semblaient ennuyeux.

Elle savait qu'elle était injuste. Elle avait pique-niqué avec un cardiologue au corps de rêve ; bavardé longuement avec un homme d'affaires au cœur d'or qui avait gagné une fortune pour des associations de charité en traversant l'Atlantique en barque avec son frère ; profité d'une visite privée dans une galerie d'art contemporain avec un critique au sourire irrésistible... Aucun de ces hommes n'était *réellement* ennuyeux. Mais aucun d'entre eux n'était Xanthos Antoniou.

Elle pouvait se répéter qu'il n'était pas l'homme qu'il lui fallait, elle ne parvenait pas à convaincre son cœur. Elle avait l'impression d'avoir festoyé pendant quelques jours avec le plus décadent, le plus délicieux des chocolats, et de se trouver réduite à ne pouvoir consommer que du pain et de l'eau.

Et puis, un jour, aux prémices du printemps, Bianca reçut un appel. En voyant son nom clignoter sur l'écran, elle se demanda un instant si elle était en pleine hallucination ; mais, après avoir inspiré profondément, elle s'efforça de prendre sa voix la plus neutre pour répondre :
— Allô ?
— C'est Xanthos.
— Je sais.
Un bref silence.
— Tu n'as pas l'air très heureuse de m'entendre.
— À quel genre de réponse t'attendais-tu, Xanthos ? Tu préfères que je me mette à chanter ?

Le rire bas qui lui répondit fit immédiatement bouillir le sang dans ses veines.
— Comment vas-tu, Bianca ?

Oui, comment allait-elle, hantée par son souvenir, par la sensation fantôme de son corps contre le sien ?
— Je vais très bien ! s'écria-t-elle en levant les yeux vers son calendrier, qui maintenant affichait des jonquilles de mars.
— Rien de nouveau dans ta vie ?
— Rien de spécial, non. Je suis sortie avec quelques hommes...
— *Sortie ?*
— Sortie, oui. Tu sais, quand deux célibataires prennent un verre dans l'espoir de se plaire.
— Et quelqu'un t'a plu ?
— Plus ou moins. Rien de sérieux. Je suis sur plusieurs applis de rencontres, donc cela ne saurait tarder.
— Tu es sur des applis de rencontres ?

Le ton de sa voix était sombre et dangereux et, pathétique

qu'elle était, elle ne put s'empêcher de frissonner de satisfaction.

— Oui.

— Tu as perdu la tête ? explosa-t-il au téléphone. Tu pourrais passer la nuit avec un psychopathe !

Elle dut se mordre la langue pour ne pas lui renvoyer l'insulte.

— Tout le monde le fait, Xanthos.

— Pas moi.

Bien sûr. Parce qu'il lui suffisait d'entrer dans une pièce pour que les femmes s'évanouissent sur son passage.

— Tu voulais quelque chose ? demanda-t-elle.

— Oui. Je passe en Angleterre ce week-end et je me demandais si tu aurais envie de dîner avec moi.

Bianca ferma les yeux.

Sa raison lui criait de dire non, et son cœur la suppliait de ne pas approfondir sa peine, mais elle les ignora tous les deux et laissa deux mots sceller son destin :

— Bien sûr. Quand ?

Le jour dit, il lui fit envoyer une voiture. Il l'attendait dans un restaurant au luxe discret, situé dans une des somptueuses rues de Mayfair, non loin du Granchester. Elle le rejoignit avec un sourire. Elle avait essayé de se convaincre qu'elle saurait résister à son incroyable sex-appeal, mais ses illusions volèrent en éclats dès qu'elle croisa son regard.

Il était absolument sublime dans son costume sombre et sa chemise immaculée. Ses cheveux étaient légèrement ébouriffés, sa mâchoire carrée ombrée d'une barbe naissante. Il semblait un peu fatigué, mais même la fatigue lui allait à ravir.

— Bianca, dit-il en se levant à son approche.

— Bonsoir, Xanthos.

Son cœur battait la chamade. Elle allait devoir résister de toutes ses forces si elle ne voulait pas finir la nuit dans son lit.

Et elle ne voulait *pas* finir la nuit dans son lit...

N'est-ce pas ?

Le dîner se déroula dans un brouillard fiévreux. Elle remarqua à peine la nourriture et ne commanda que de l'eau pour garder la tête froide ; elle nota d'ailleurs qu'il faisait de même. Ils parlèrent du travail, de New York, du dernier scandale politique au Royaume-Uni. Il la fit rire, et elle lui rendit la pareille, et tout était mille fois plus vif, plus poignant, plus excitant que le meilleur de ses rendez-vous galants. Mais ce n'était pas suffisant. Pas avec lui. Elle ne voulait pas se contenter d'une conversation de surface. Elle ne voulait pas s'interroger sur les motivations de Xanthos. Elle ne voulait pas fuir non plus. La question, c'était de savoir si elle allait être passive ou active.

Elle finit par poser délicatement son couteau et sa fourchette puis leva les yeux.

— Alors, dis-moi : pourquoi tu m'invites à dîner après trois mois de silence ?

Xanthos sourit légèrement. Elle en avait mis, du temps ; il s'était attendu à ce qu'elle pose la question bien plus tôt. Pourtant, il laissa le silence flotter un instant, car son aveu ne lui vint pas facilement.

— Je n'arrête pas de penser à toi, avoua-t-il enfin, très simplement. As-tu pensé à moi, Bianca ?

Elle s'éclaircit la gorge et prit le temps de plier précautionneusement sa serviette.

— Tu veux que je sois honnête ?

— Bien sûr.

— Alors oui. J'ai pensé à toi.

— Quoi, les applis de rencontres t'ont déçue ? railla-t-il.

— Hé, n'en fais pas trop, rétorqua-t-elle en faisant la moue.

Je suis parfaitement consciente qu'il y a une explication rationnelle à notre obsession mutuelle.

— Ah oui ?

— Nous avons vécu ensemble un événement traumatisant. De toute évidence, notre accident d'avion nous a profondément affectés. Plus profondément que si nous nous étions rencontrés un soir au bar.

— Encore une chose qui m'a manqué. Ton intelligence et ta logique...

Elle arqua un sourcil.

— Tu es si condescendant...

— Condescendant ? Pourquoi donc ? Je suis d'accord avec toi ! Je pense que notre expérience de mort imminente a nourri une fascination mutuelle, et que cette fascination ne disparaîtra pas tant qu'elle ne sera pas consumée.

Il prit sa main sur la table et entrelaça leurs doigts. Un frisson la parcourut.

— Et je veux la consumer. Alors, qu'en dis-tu ? Si je demande très gentiment, accepterais-tu d'arrêter les applis de rencontres et d'avoir une relation exclusive avec moi ?

Elle resta un instant bouche bée, puis lui retira sa main comme si ce contact ne faisait qu'ajouter à sa confusion.

— Je ne comprends pas. Une relation... Une relation transatlantique ?

— Je n'ai pas l'intention de quitter New York et je ne te vois pas déménager non plus, remarqua-t-il en fronçant les sourcils. Mes règles n'ont pas changé, Bianca. Qu'en est-il des tiennes ? Je ne suis pas devenu l'homme stable et généreux que tu dis rechercher, et je ne te propose pas un arrangement à long terme qui débouchera sur une famille. Si c'est ce que tu veux de moi, il vaut mieux ne pas aller plus loin. Mais si ma proposition t'intéresse...

Il laissa sa phrase en suspens. Pendant un long moment, elle se contenta de l'observer.

Xanthos retint son souffle. Allait-elle refuser ? Sa nervosité monta d'un cran. Il ne voulait pas envisager cette possibilité, et pas seulement parce que son ego en serait meurtri.

Mais, soudain, il sentit le frôlement familier de sa jambe contre son genou. Lorsqu'il croisa son regard émeraude, il y trouva un brasier égal au sien.

— D'accord, souffla-t-elle. Pourquoi pas ?
— Tu veux rentrer à l'hôtel ?
— Ou tu pourrais venir chez moi. C'est de l'autre côté de la Tamise, mais Wimbledon n'est pas si loin que ça.

Il secoua la tête – peut-être qu'il pourrait la convaincre d'acheter quelque chose en centre-ville, dans les prochains mois. En attendant, il répondit :

— Un terrain neutre, c'est mieux.

Il demanda l'addition et quand enfin ils se glissèrent à l'arrière de sa voiture, ils s'étreignirent immédiatement ; là, sur la banquette en cuir, ils s'embrassèrent comme des adolescents. Il n'arrivait pas à croire qu'elle lui avait tant manqué ; son désir en était presque intolérable. Il pouvait sentir le parfum de celui de Bianca, la chaleur entre ses cuisses, et il aurait tout donné pour la faire jouir ici, maintenant, dans la pénombre de la voiture en mouvement. Mais il résista à la tentation, et résister, bien sûr, signifiait qu'il était plus excité encore. Quand le chauffeur les arrêta enfin devant l'hôtel, son sang pulsait comme de la lave dans ses veines, et marcher jusqu'à l'ascenseur fut une véritable torture.

— Oh ! s'exclama Bianca en entrant la première dans le grand salon. Tu as choisi une suite différente.

Il hocha la tête. À Noël, il avait obtenu la dernière suite disponible, mais celle-ci était réputée pour être la plus luxueuse de l'hôtel. Il ne l'avait pas choisie pour impressionner Bianca, néanmoins. Il avait simplement voulu laisser le passé derrière eux et profiter du présent.

Un effort bien vain. Après tout, le passé ne disparaissait

jamais, n'est-ce pas ? Il revenait toujours hanter celui qui tentait de lui échapper.

— J'ai passé tellement de nuits éveillé, tourmenté par tous les plaisirs que je voulais te donner, admit-il en l'attirant dans ses bras.

Sans répondre, elle l'enlaça, et il murmura contre son oreille :

— Dis-moi. Est-ce que toi aussi ?
— Oui. Oui, tu m'as manqué.
— Montre-le-moi.

Mais elle ne fit que renverser la tête en arrière pour accueillir son baiser, et il comprit que cette nuit serait une bataille intellectuelle, au même titre qu'un corps-à-corps. Il n'en était que plus envoûté. Elle gémit son nom contre sa bouche lorsqu'il caressa ses courbes à travers sa robe moulante, et le son tremblant de sa voix lui serra les entrailles. Il la souleva dans ses bras d'un mouvement souple et l'emporta dans la chambre. Contre lui, elle semblait aussi légère et fragile que de la porcelaine.

Il la plaça au bord du lit et fit aussitôt glisser ses mains le long de ses jambes – il savait qu'il trouverait, à mi-cuisse, l'exquise bordure en dentelle de ses bas noirs. Les yeux de Bianca étaient larges et brûlants ; plongé dans leur beauté étincelante, il ne parvint pas à contenir son impatience plus longtemps et lui arracha ses vêtements avec une urgence qu'il ne connaissait qu'avec elle.

Soudain, elle fit de même. Comme si ni l'un ni l'autre ne pouvaient supporter d'attendre une seconde de plus. Sa gorge s'assécha ; il se sentait sur le point d'exploser. Il avait perdu trop de temps, ces dernières semaines ; il la voulait, il ne voulait qu'elle, et ils étaient seuls au monde.

Il tenta de convoquer un peu de son sang-froid, mais, malgré ses efforts, il ne put retenir un frisson d'admiration avide devant ses courbes délicieuses et les tétons rose sombre qui avaient habité ses fantasmes. Avec un gémissement de plaisir pur et brut, il plongea lentement dans sa chaleur moite et l'entendit crier, plus fort encore que lors de leur toute première fois.

Il passa la majeure partie de la nuit perdu en elle. Le sommeil n'arriva qu'aux petites heures du matin, et le soleil était haut dans le ciel lorsque Bianca s'éveilla et le prit dans ses bras. Le reste de la matinée ne fut qu'abandon et exultation. Ils avaient tout le week-end, un week-end frais et printanier. Pendant qu'elle prenait une douche, Xanthos fit livrer dans leur suite une brosse à dents et des sous-vêtements neufs, ainsi qu'un jean et un pull en coton.

— Une tenue propre ! s'exclama-t-elle en sortant de la salle de bains. Tu habilles toutes tes amantes ?

— Non. D'habitude, je les renvoie chez elles et leur propose de nous revoir pour dîner.

— Tu les *renvoies* chez elles ? Comme des employées, tu veux dire ? rétorqua-t-elle, acide.

— J'aime avoir mon espace, répondit-il sans perdre contenance. Mais je n'ai que deux jours à Londres, et je ne veux perdre aucune seconde avec toi.

Même si elle gardait les sourcils froncés, il frôla ses lèvres d'un baiser aussi exquis que manipulateur, et elle tomba dans le piège sans résister. Il aurait aimé se dire qu'il se maîtrisait mieux ; qu'il aurait pu se maîtriser plus longtemps – mais il se sentait sombrer lui aussi dans une sensation qu'il ne reconnaissait pas. Il ne pouvait se mentir : il était impuissant face à la force de son désir. La dynamique de pouvoir semblait bien moins inégale qu'elle ne l'était d'habitude.

Il ne dominait plus rien.

Il la fit basculer sur l'un des grands sofas de cuir et ils s'unirent de nouveau avec frénésie. Après la volupté, lorsqu'ils eurent repris leur souffle, il glissa un doigt sous son menton pour qu'elle le regarde dans les yeux.

— Va à la boutique de l'hôtel. Mets tes achats sur ma note. Prends tout ce que tu veux.

Il avait parlé d'une voix paresseuse et satisfaite, mais elle se figea dans ses bras, comme glacée par ses propos.

— Merci, mais non merci, déclara-t-elle sans ambages. Je peux payer pour mes vêtements, Xanthos. Tu es conscient que je travaille pour gagner ma vie, n'est-ce pas ?

Il n'avait pas l'habitude que sa générosité soit repoussée, mais la réaction de Bianca ne faisait qu'accentuer son charme. Il hocha la tête, et elle le quitta sans emporter sa carte. Pendant qu'elle achetait des vêtements pour le week-end, il demanda au concierge de sélectionner pour eux une série de luxueux délices en duo, et leur week-end culmina avec un merveilleux dîner, le dimanche soir, dans un restaurant étoilé qui offrait une vue imprenable sur la Tamise. Malgré les splendeurs du menu, ils sautèrent le dessert et rentrèrent bien vite retrouver leur lit.

Il était si affamé... Encore et encore, il allait et venait en elle ; il n'aurait jamais cru pouvoir jouir aussi souvent, aussi intensément. Réduit à néant par son orgasme, il retomba près d'elle et caressa la courbe de sa hanche.

— Tu es vraiment incroyable, tu sais.

— Je suis sûre que tu dis ça à tout le monde, murmura-t-elle.

Il aurait pu nier, car il n'avait pas pour habitude de complimenter ses amantes. D'ailleurs, la plupart lui avaient reproché son détachement – une critique somme toute compréhensible, quoiqu'il en ait toujours été agacé sur le moment. Mais avec Bianca, il se sentait... différent. Il l'avait dans la peau. Ses muscles, sa chair, son corps vibraient pour elle. Il ne pouvait se rassasier de ses courbes si douces, si décadentes ; elle s'ajustait si parfaitement à lui qu'il en oubliait parfois, au sommet de l'extase, les limites de leurs corps respectifs. La satisfaction l'enveloppait comme un voile de soie... Plus tard, lorsqu'il repenserait à cet instant, il se demanderait si c'était la peur qui l'avait poussé à briser ce moment de silence doré.

— Tu as parlé de nous à ta sœur ?

Elle cligna des yeux, surprise.

— Hum... Avant vendredi, il n'y avait pas de « nous ».

— C'est vrai.

Mais il était trop tard ; elle l'observait avec méfiance, le visage incliné.

— Pourquoi ?

— Oh ! juste pour savoir.

Bianca avait les paupières lourdes et la tentation de se laisser aller au sommeil était grande, mais quelque chose dans la voix de Xanthos l'avait interpellée. Elle était formée à reconnaître la moindre nuance derrière les phrases anodines que tout un chacun prononçait ; et elle percevait une émotion bien particulière derrière celle de Xanthos...

Jusqu'à maintenant, le week-end s'était déroulé dans la perfection d'une comédie romantique. Elle avait même éteint son portable. Elle voulait profiter du moment présent. Elle s'était laissé porter par le fantasme.

Mais c'était trop beau pour être vrai. L'atmosphère avait changé – et elle se souvenait des étranges questions que sa sœur lui avait posées au téléphone... Sa requête, après le mariage : pourquoi exiger d'un inconnu qu'il ramène sa sœur ? Pourquoi Rosie avait-elle parlé d'une « faveur rendue à Corso » ? Il y avait anguille sous roche.

Elle se redressa pour pouvoir observer son visage.

— Comment tu connais Corso, déjà ?

Xanthos ne répondit pas immédiatement. Il regardait toujours le plafond.

— Je te l'ai dit, nous avons des intérêts financiers en commun.

— C'est très vague. C'est tout ?

Cette fois, il marqua une pause si longue qu'elle s'apprêtait à le relancer quand il s'arracha enfin à la contemplation du chandelier pour se tourner vers elle. Son regard était sombre.

— Non, ce n'est pas tout.

Son cœur rata un battement. La déclaration qu'il venait de faire était étrangement teintée de tension, comme un instant de silence avant un coup de tonnerre. Cette fois, Bianca s'assit. Elle était tentée d'aller chercher un peignoir pour couvrir sa nudité, car elle se sentait soudain très vulnérable, mais elle ne voulait pas laisser passer l'occasion d'entendre la vérité.

— Que se passe-t-il, Xanthos ? Pourquoi ai-je l'impression d'être la seule personne à ne pas avoir toutes les cartes en main ?

Xanthos déglutit difficilement. Il avait la gorge sèche. Il aurait aimé remonter le temps. Il aurait aimé... tant de choses, mais c'était le lot des idiots et des rêveurs que de prier pour l'impossible. Il soutint le regard méfiant de Bianca. Il était temps de lui dire la vérité.

— Tu m'as demandé un jour si ma mère m'avait avoué qui était mon père. Et je t'ai dit que non. Mais quelqu'un d'autre s'en est chargé.

Il inclina la tête.

— Corso, avoua-t-il.

— Pourquoi Corso saurait...

Il vit la compréhension la frapper de plein fouet et transformer son beau visage ; mais surtout, il trouva dans ses yeux une peine nouvelle, et la colère, et la déception. Des sentiments trop amers pour que leur toute nouvelle relation y survive.

— Bien sûr..., murmura-t-elle. Bien sûr. J'aurais dû le comprendre immédiatement... Je me souviens de m'être dit que tu me faisais penser à quelqu'un au mariage. Et l'insistance de ma sœur...

Elle bondit hors du lit et se mit en quête de ses sous-vêtements. Il y avait quelque chose de terriblement douloureux à la regarder enfiler sa culotte noire, le dos tourné.

— Tu es le frère de Corso, déclara-t-elle en pivotant vers lui, les yeux étincelants.

— Son demi-frère.

— Oh ! Maintenant, tu t'attardes sur les détails !

— Tu ne veux pas savoir ce qui s'est passé, Bianca ?

— Non, pas vraiment. C'est trop tard, Xanthos.

— Je vais te le dire quand même, insista-t-il, comme si elle n'était pas en train de remonter un bas de soie sur sa cuisse pâle, les mains tremblant de rage.

Plus que la distraction que lui inspirait toujours la beauté de Bianca, c'était le désir de lui avouer la vérité qui faisait cavaler le cœur de Xanthos. Un désir incompréhensible et dangereux. Il voulait qu'elle le comprenne. Pourquoi était-il plus profond et plus sensible avec elle ? Elle avait le pouvoir de le toucher aux endroits où il s'était toujours cru invulnérable...

— Quand ma mère avait dix-huit ans, elle a été envoyée de Grèce en Amérique et présentée au père de Corso comme potentielle amante. Ils ont eu une brève liaison à New York, pour laquelle elle a été grassement payée. Ce n'était pas une histoire d'amour. Elle ne savait pas qu'il était marié ou qu'il était roi, et certainement pas qu'il avait le pouvoir d'ignorer entièrement les conséquences d'une éventuelle grossesse. Et bien sûr, elle est tombée enceinte.

— Je m'en fiche, Xanthos. Tu comprends ?

Il continua néanmoins, verbalisant pour la première fois les faits qui l'avaient torturé depuis qu'il les avait découverts. Il exprimait enfin sa honte.

— L'argent qu'elle avait reçu n'a pas fait long feu, et sa famille l'aurait rejetée si elle était rentrée en Grèce enceinte d'un enfant illégitime, sans même pouvoir leur donner l'identité du père. Il se trouve qu'elle a rapidement rencontré un autre homme et l'a convaincu que j'étais de lui. Quant à moi, j'ai découvert la vérité quand Corso est venu me voir à New York. C'est encore récent.

Elle secoua la tête.

— Tu ne comprends pas, Xanthos, siffla-t-elle. Je me fiche de tes origines. Ce qui me pose problème, c'est que tu as gardé cela pour toi pendant tout ce temps. J'ai passé des heures dans tes bras ; nous avons été aussi proches, aussi intimes que deux humains peuvent l'être. Mais non ! Le reste de toi était trop exclusif, sans doute – et je suis restée à l'extérieur. Tout le monde le savait, sauf moi !

— Pas tout le monde ! s'exclama-t-il. Corso et ta sœur. C'est tout. Pourquoi te l'aurais-je dit à toi, alors que je n'avais même pas accepté la vérité moi-même ?

— Oh ! pitié, je ne vais pas pleurer parce que tu peines à accepter tes origines royales, Xanthos ! Pauvre enfant ! Je n'arrive pas à croire que ma sœur ne m'ait rien dit...

Elle reboutonnait sa robe, maintenant.

— Elle ne savait pas que nous étions ensemble, n'est-ce pas ?

— *Étions*, c'est le mot juste, rétorqua-t-elle avant de quitter la pièce.

Il retomba sur le lit froissé par leurs ébats et encore chaud et attendit le tintement de l'ascenseur qui marquerait son départ. Il avait tort, car elle revint presque aussitôt, vêtue de son manteau, le visage plus furieux encore qu'auparavant. Ses yeux brûlaient comme deux joyaux verts au-dessus de sa bouche plissée de dégoût.

— Je n'arrive pas à croire que je suis retombée dans tes bras, toute prête que j'étais à accepter la plus petite miette de ton attention ! Sois honnête. Tu voulais faire de moi ta maîtresse londonienne, hein ? Une distraction sympathique quand tu passes en Angleterre !

Elle secoua la tête, écœurée.

— Je suis stupide. Tu avais déjà commencé à me traiter comme telle. M'acheter de la lingerie sexy dès que j'avais mis les pieds dans la douche... Tu es tellement cliché !

— Je voulais juste t'offrir quelque chose de joli.

— Pitié ! Avoue plutôt que c'est pour cela que tu m'as séduite, Xanthos. Pour me poser des questions sur Corso, sur son enfance à Monterosso. Peut-être que tu cherchais à connaître quelques informations confidentielles pour décider si tu voulais ou non rendre votre fraternité publique !

C'en était trop ; cette fois, lui aussi éleva la voix :

— Tu crois que je serais aussi manipulateur ? Du sexe pour obtenir des détails personnels sur mon frère ? Tu plaisantes !

— Épargne-moi ta pseudo-indignation, d'accord ? C'est un peu tard pour faire semblant d'avoir le beau rôle. Tu m'as menti, quoi qu'il en soit.

Mais la colère de Bianca ne parvenait pas à dissimuler sa douleur, et la culpabilité poignarda Xanthos.

— Pas délibérément... Bianca, écoute...

Elle leva la main pour l'interrompre. Elle ne voulait plus rien entendre. Après tout, elle s'était menti à elle-même, elle aussi. Voilà pourquoi elle était si peinée, à cet instant ; pourquoi l'amertume la prenait à la gorge. Xanthos avait été clair depuis le début : il ne voulait rien d'autre qu'une liaison sans attaches. C'était elle qui avait compliqué les choses, qui avait analysé chaque détail, qui avait rêvé, espéré, prié pour que leur relation soit plus sérieuse qu'elle ne l'était. Elle avait projeté ses désirs sur lui. Elle lui avait inventé une personnalité qu'il n'avait pas. Une *honnêteté* qu'il n'avait pas. Allait-elle donc imaginer qu'elle était amoureuse de tous les hommes avec qui elle passerait la nuit ?

— Je n'aurais pas dû accepter ce dîner ni ce week-end. Nous n'avons rien à faire ensemble, Xanthos.

Et elle le quitta enfin, le menton haut, en se raccrochant à une dignité qu'elle ne ressentait aucunement.

10

Bianca était assise très droite sur la chaise inconfortable, les yeux fixés sur l'homme qui lui faisait face, de l'autre côté du bureau. Il avait causé bien de l'agitation lorsqu'il avait fait irruption dans le hall du cabinet d'avocats, quelques minutes plus tôt. Les collègues de Bianca avaient murmuré sur son passage.

Quant à elle, malgré son cœur qui battait trop fort, lourd d'angoisse, elle n'avait plus d'issue.

Elle avait espéré qu'elle ne le reverrait plus jamais lorsqu'elle avait quitté sa suite au Granchester.

Si seulement.

Elle s'éclaircit la gorge mais ne sourit pas. Tendue, le menton haut, elle choisit ses mots avec précaution :

— Merci d'avoir accepté de me voir, Xanthos.

— J'étais intrigué.

Dans ses yeux sombres dansait une interrogation aiguisée. Elle retrouva avec un plaisir réticent la langueur de son accent new-yorkais, la texture basse et veloutée de sa voix.

— Comment résister à une telle convocation ? continua-t-il. Aucune de mes ex-amantes n'a exigé de me voir dans son bureau avant toi. Tu ne vas pas me traîner en justice, n'est-ce pas, Bianca ?

Elle ne réagit pas à la provocation, ni à l'évidente tentative de séduction que charriait sa plaisanterie. Elle ne l'avait pas invité ici pour flirter. Elle avait choisi son bureau pour garder un contrôle total sur son environnement et sur elle-même.

Elle ne savait pas à quoi s'attendre, mais au moins, son assistant était dans la pièce d'à côté si la réaction de Xanthos était violente. Dans un restaurant, leur interaction aurait été observée par des inconnus. Ici, au moins, tout lui était familier, et des alliés de fortune restaient non loin. Elle n'oublierait pas qui elle était vraiment : pas la partenaire éphémère d'un milliardaire mythomane, mais une femme indépendante et pleine de succès. Son diplôme et ses qualifications étaient accrochés au mur, à côté du calendrier qui affichait maintenant de magnifiques pivoines de juillet. Sur le bureau, un rare coquillage de Monterrosso, offert par son père il y avait bien longtemps, trônait sur ses dossiers en cours.

Et en face d'elle, Xanthos avait pris un siège, décontracté et... magnifique. Elle ne l'avait pas vu depuis plus de trois mois, mais aucune journée ne s'était écoulée sans qu'elle pense à lui. Pleine de regret. Pleine de manque.

Il avait fait raccourcir ses cheveux noirs, mais l'ombre de sa barbe naissante était la même. Lui aussi portait un costume élégant : il était à Londres pour le travail, Dieu merci. Elle préférait lui annoncer la nouvelle en personne, et elle aurait été gênée de le faire voyager seulement pour ce court entretien.

Malgré les circonstances, il n'avait rien perdu du pouvoir qu'il avait sur elle. Même maintenant, dans la chaleur de l'été, elle sentait ses seins se tendre sous sa chemise en coton, et une part d'elle-même aurait voulu qu'il se penche pour les prendre entre ses lèvres.

Oh ! Elle ne voulait pas de ces sentiments, de ces fantasmes ; elle ne voulait pas être vulnérable, ni émotionnellement ni physiquement !

La curiosité étincelait dans les prunelles d'onyx de Xanthos, mais c'était une curiosité pleine d'arrogance, comme s'il s'était attendu à cette rencontre depuis le début. Peut-être pensait-il qu'elle avait changé d'avis, qu'elle voulait retomber dans son lit. Cachait-il quelque chose derrière cette apparente décontraction ? Était-il plus inquiet qu'il ne le laissait paraître ?

Pendant un instant, le cœur de Bianca se serra. Dans une seconde, elle lui annoncerait que son pire cauchemar était devenu réalité, et elle en était navrée.

— Non, Xanthos, je ne vais pas te traîner en justice.

Il s'appuya contre le dossier de son fauteuil et croisa les mains sous son menton.

— Alors, pourquoi tu voulais me voir, Bianca ? Je t'écoute.

Inutile d'y aller par quatre chemins ; elle ne pourrait pas adoucir l'impact de sa nouvelle.

— Je suis enceinte, déclara-t-elle.

Il se figea. Son visage se mua en masque de pierre. D'une certaine façon, cette distance était plus douloureuse que l'incrédulité ou la colère. Impassible et muet, il semblait parfaitement indifférent.

— Je suis désolée, continua-t-elle, en proie à une peur croissante. C'est la dernière chose que tu veux, je le sais. Ce n'est pas ce que je voulais non plus, mais... j'ai pensé que tu avais le droit de le savoir.

Soudain, il bondit sur ses pieds, et Bianca se demanda s'il allait quitter le bureau sans dire un mot.

Mais non. Au lieu de se diriger vers la porte, il se planta devant la fenêtre. Un moineau qui avait élu domicile sur le rebord s'envola à tire-d'aile et Xanthos le suivit des yeux, comme s'il souhaitait partir avec lui. Lorsqu'il pivota vers elle, la lumière tomba dans son dos tel un halo d'or. Son visage était plongé dans l'ombre, impossible à déchiffrer.

— Tu dois être contente. Si je me souviens bien, tu voulais des enfants.

Son ton était aussi inexpressif que son visage avait semblé neutre. Bianca ne pouvait le nier : sa froideur lui faisait un mal de chien. Mais qu'avait-elle espéré ? De la joie ? De l'excitation ? Bien sûr qu'il ne réagirait pas comme un père aurait dû réagir...

— J'espère que tu n'insinues pas que j'avais préparé mon coup.

— Je n'en sais rien, dit-il tranquillement. À toi de me le dire.

— Garde tes insultes, Xanthos !

Il hocha la tête, comme si sa colère et son indignation étaient, d'une certaine façon, un peu rassurantes. Il croisa lentement les bras.

— Qu'est-ce que tu as l'intention de faire ?

Elle aurait dû être contente qu'il ne demande pas qui était le père, ou exige qu'elle fasse un test ADN... Mais la question était tout de même blessante. Soudain, le discours qu'elle avait tant répété lui échappa ; elle peina à garder son sang-froid, et les mots montèrent en elle comme un torrent incontrôlable :

— Je... Je garde le bébé, évidemment ! balbutia-t-elle, la voix tremblante.

— Bien.

Cette réaction la prit de court ; elle cligna des yeux, éberluée. Elle n'avait pas besoin de son approbation, elle se l'était promis ; et pourtant, une lueur d'espoir perça les nuages.

— Je sais que tu ne voulais pas être père...

— C'est vrai, coupa-t-il, étouffant immédiatement son étincelle d'optimisme. Qu'est-ce que tu veux de moi, Bianca ? Un mariage ? Comme tu le sais, je ne veux pas me marier. Mais s'il te tient à cœur de rendre cet enfant légitime, je peux te proposer une signature à la mairie.

Elle secoua la tête et se mordit la langue. Oh ! elle aurait voulu crier, à cet instant. Elle n'était pas une croqueuse de diamants ou une chasseuse d'alliance !

— Je n'épouserai jamais un homme qui ne m'aime pas.

— Alors cela règle la question, sourit-il, dangereux. Puisque, effectivement, je ne t'aime pas.

Elle priait pour que son visage n'affiche pas l'émotion violente que cette riposte avait provoquée en elle. Et comment parvenait-il à rester aussi détaché ?

— Je t'admire, Bianca. J'aime ton intelligence et ton humour. Et c'est vrai, notre alchimie est incroyable.

— Tu peux m'épargner tes compliments de seconde zone, Xanthos.

— Notre relation aurait peut-être continué un peu si je n'avais pas été le demi-frère de Corso, continua-t-il, pensif. Mais elle n'aurait pas duré pour toujours, nous le savons tous les deux. Quoi qu'il en soit, je te soutiendrai financièrement.

— J'ai mon propre argent, siffla-t-elle. Je n'ai pas besoin du tien.

— Mais cette décision ne concerne pas seulement ta personne et ta précieuse indépendance, rétorqua-t-il d'une voix dangereusement douce. Plus maintenant. Je n'ai pas l'intention de refuser mes responsabilités. Je suis un homme riche. Je donne beaucoup à des associations caritatives ; je ne vois pas pourquoi je ne verserais rien à mon enfant. J'ai bien l'intention d'ouvrir un fonds dont il bénéficiera.

Bianca inspira profondément ; elle tentait de ne pas fléchir malgré son cœur si traître, mais Xanthos choisit ce moment précis pour avancer d'un pas. Il était trop proche de son fauteuil, maintenant. Un rayon de soleil baignait son visage et ciselait ses traits d'or. Elle songea au petit garçon ou à la petite fille qui un jour hériterait de sa beauté, et une vague de tristesse la submergea. Elle avait douloureusement conscience de cette chance perdue, de ce qui aurait pu être mais ne serait jamais. Malgré le besoin féroce de se détacher de lui et de garder la tête haute, elle devait tout tenter pour son enfant. Elle devait s'assurer que rien de plus ne pouvait être négocié avant d'accepter l'inévitable.

— Mais tu ne veux pas faire partie de sa vie ?

— Non. Quel enfant me voudrait pour parent ? Non, je ne suis pas fait pour être père.

— La paternité, ça s'apprend.

— Je ne veux *pas* apprendre. Je suis désolé, Bianca. Tu connais mon passé. Tu dois comprendre pourquoi je ne veux pas avoir de famille.

Son regard la transperça, aussi froid et dur que du jais.

— Je veux être honnête avec toi, c'est tout. Je ne veux pas te faire des promesses que je ne tiendrai pas. Ce ne serait pas juste, ni pour toi ni pour le bébé. Vous méritez mieux que ça.

Bianca serra les poings et secoua la tête. Elle se battait pour son enfant ; mais, plus tard, lorsqu'elle repasserait inlassablement cette conversation dans sa tête, elle se demanderait si elle s'était aussi battue pour elle-même, pour le fragment de rêve qui subsistait encore.

— Et si un jour notre enfant essaie de te retrouver ? S'il exige que tu le reconnaisses ?

Xanthos plissa les yeux. Bianca le forçait à se projeter dans un futur qu'il n'avait jamais désiré pour lui-même. Il imaginait sans peine un adolescent sur le pas de sa porte, inconnu et peut-être plein de rancœur. Et lui, où serait-il ? Milliardaire vieillissant, toujours seul, toujours dans son immense appartement vide de New York, noyant sa solitude dans une farandole d'amantes trop jeunes pour lui ? Il avait observé ce phénomène bien des fois dans les cercles qu'il fréquentait. Il avait jugé ses pairs... Mais peut-être allait-il dans la même direction.

La migraine le guettait, et cette vision de l'avenir ne lui apportait aucun plaisir.

Cependant, avoir un bébé non plus. S'occuper d'un

nouveau-né. Marcher vers l'inconnu et décevoir son enfant pour toujours...

Il n'avait pas pour habitude de faillir. Et il le savait, s'il cherchait à être père, il faillirait.

Quant à Bianca... Avec elle, tout avait semblé plus profond qu'avec quiconque. Elle avait l'étrange talent de dévoiler ce qu'il gardait toujours secret avec les autres femmes. Pourtant, fondamentalement, il restait l'homme qu'il avait toujours été : un homme brisé, incapable de former de réelles attaches. Qui voudrait passer sa vie avec un homme pareil ? Non, il valait mieux qu'elle trouve le bonheur avec le mari qu'elle désirait, l'époux stable et généreux qu'elle lui avait décrit, des semaines plus tôt. Un homme qui lui donnerait la relation intime et fusionnelle dont elle rêvait. La meilleure chose qu'il pouvait faire, désormais, c'était de quitter Bianca et leur enfant.

— Je ferai le nécessaire en temps voulu, répondit-il.

Son portable vibra dans sa poche, mais, pour une fois, il choisit de l'ignorer. Il avait la bouche sèche et le souffle court, comme s'il avait couru un marathon. Il peinait à garder la maîtrise de son langage corporel, car, intérieurement, l'émotion était sur le point de l'engloutir. Il était... tourmenté, par la souffrance, par le regret, et par quelque chose d'autre ; un sentiment qu'il ne parvenait pas à définir.

Brutalement, il pivota, ouvrit le petit frigo qu'il avait remarqué plus tôt et se servit de l'eau. Il leva les yeux vers Bianca, mais elle refusa sa proposition silencieuse d'un mouvement de tête. Il avala son verre d'une traite, le posa sur le comptoir et soutint son regard émeraude.

Dès qu'il était entré dans le bureau, il avait compris instinctivement que quelque chose avait changé chez elle. Une lumière qui transcendait le monde physique ; un mélange nouveau de force et de fragilité, juste sous la surface de son masque si professionnel. Avant de venir, il avait cru savoir à quoi s'attendre : des semaines avaient passé depuis leur rupture, et elle avait eu le temps de regretter sa colère, de reconsidérer sa décision. Après tout, aucune femme n'avait jamais réussi à le laisser partir. Il avait imaginé la scène : elle le ferait entrer dans son bureau, fermerait la porte à clé et le séduirait sans effort. Il la prendrait sur le bureau... Il étoufferait ses petits gémissements sous ses baisers.

Oui, il avait rêvé de la scène avec délice : car Bianca, malgré le changement des saisons, s'était avérée impossible à oublier.

Mais la réalité était bien différente.

Bianca ne s'était pas habillée pour une mission de séduction, avec son petit chemisier rose et propret et sa jupe sobre ; même ses cheveux étaient remontés en chignon au sommet de son crâne. Il avait du mal à croire qu'elle puisse être enceinte... Le malaise tordit ses entrailles. Un enfant ferait d'eux une famille, qu'il le veuille ou non ; et il savait que les familles étaient toxiques. La rancœur de son père avait manqué de briser son estime de lui-même, et sa mère avait choisi la sécurité financière plutôt que son propre fils. Dieu savait qu'il avait tenté d'enfouir la douleur d'être rejeté aussi profondément que possible, mais à cet instant, il était impossible de lutter contre la force de ses souvenirs. La scène lui revenait comme s'il l'avait vécue à l'extérieur de son propre corps. La sensation d'être seul au monde, de ne pouvoir compter sur personne... Il avait eu besoin de temps pour comprendre qu'il était assez fort pour s'en sortir *seul*.

Cependant, pour la première fois, il se demandait ce qu'avait bien pu ressentir sa mère. Il l'avait condamnée sans jamais se poser la question. Il ne s'était pas demandé si elle aussi avait souffert. Et quand Corso avait fait irruption dans sa vie pour lui dire qui était son vrai père, la nouvelle n'avait provoqué aucun soulagement. Après tout, son père biologique n'avait pas voulu de lui non plus.

Il secoua la tête et se força à revenir à la réalité. Bianca l'observait en mordillant sa lèvre, visiblement inquiète.

— Alors, qu'as-tu prévu de faire ? Vas-tu dire à Corso et à ta sœur que je suis le père de ton enfant ?

— Pourquoi ? demanda-t-elle en rejetant la tête en arrière, le menton haut, avec cette colère qui lui allait si bien. Tu as peur que Corso te prenne en chasse et te force à m'épouser ?

Malgré la gravité de la situation, l'image était si cocasse que Xanthos ne put cacher un demi-sourire.

— Je ne crois pas qu'il en aurait le pouvoir, de nos jours. Et même si c'était le cas, tu pourras lui dire qu'une demande a été faite, et qu'elle a été dûment refusée.

— Merci, Xanthos, mais je ne considère pas ton offre méprisante comme une demande en mariage. Un condamné à mort aurait été plus enthousiaste ! Quant à moi, il me faudrait une lobotomie pour envisager d'épouser un homme sans cœur comme toi !

Oh ! il aurait aimé rire. Il aurait aimé l'embrasser. Il aurait aimé... détacher ses cheveux brillants et enfouir les mains dans leurs lourdes vagues sombres. Il la voulait plus qu'il n'avait jamais voulu quiconque. Plus qu'il n'avait jamais voulu quoi que ce soit. Mais il ne pouvait pas se laisser distraire, ni par sa beauté, ni par son intelligence, ni par le désir qu'il avait pour elle. Sa grossesse était une véritable révolution ; rien ne serait jamais comme avant... Et il ne toucherait plus jamais Bianca Forrester.

Alors, il se contenta de hausser les épaules. On lui avait souvent fait ce reproche. Habituellement, cette critique ne le touchait pas ; aujourd'hui, il en sentait l'impact.

— Occupons-nous des aspects pratiques, d'accord ? Envoie-moi tes coordonnées bancaires pour que j'organise au plus vite des versements réguliers.

— Et c'est tout ? s'enquit-elle d'une voix tremblante, alors qu'il lissait sa veste et se dirigeait vers la porte. Tu ne veux que cela ? Que je t'envoie mon RIB ?

Un jour, elle lui serait reconnaissante. Il devait se raccrocher à cette idée. S'il tournait les talons aujourd'hui, c'était pour son bonheur à elle, et celui de son enfant.

Pourtant, le chagrin et la rancœur qu'il entendait dans sa voix l'atteignirent comme des flèches.

— Il n'y a rien d'autre à dire, Bianca. Je suis exactement la personne que tu m'accuses d'être, et pire encore. Trouve-toi donc un mari honorable et oublie-moi.

Il lui décocha un dernier sourire plein d'amertume.

— Crois-moi, ta vie sera bien plus belle qu'à mes côtés.

11

Il neigerait bientôt. Les nuages étaient lourds dans le ciel gris. Depuis sa fenêtre, Bianca contemplait la rue en contrebas lorsque les premiers flocons se mirent à tomber, larges et cotonneux. Même si son arrivée coïncidait parfaitement avec la période des fêtes, la neige ne lui apportait pour une fois aucune joie. Dans son état, de toute façon, elle ne pouvait pas sortir pour en profiter.

Dehors, le monde scintillait, plein d'excitation, comme toujours à la veille de Noël ; mais dans son appartement, tout était tristement silencieux. Elle regardait de loin les inconnus s'attarder devant les vitrines décorées, ou rentrer à la maison à pas pressés, des cadeaux dans les bras. La rue était décorée de guirlandes lumineuses. L'air vibrait d'une excitation enfantine, mais Bianca s'en sentait exclue. Comment aurait-elle pu prendre part aux célébrations alors qu'elle était enceinte jusqu'aux yeux et pouvait à peine se dandiner d'une pièce à l'autre ? Cette année, elle n'avait pas eu la force d'acheter des décorations et de les traîner jusqu'à son appartement, au deuxième étage. Elle avait besoin de dix minutes pour retirer une paire de bottes ; c'était assez d'effort comme cela.

Elle contempla une maman avec une poussette. Dans deux semaines, elle se déplacerait de la même façon. Comme c'était étrange de s'imaginer avec un bébé ! De songer que cette vie précieuse qu'elle avait couvée pendant des mois ferait bientôt partie du monde. Il fallait voir le bon côté des choses : tout en travaillant d'arrache-pied sur ses dossiers afin de préparer son congé maternité, elle était parvenue à sacrifier à tout ce qui pouvait la préparer à sa nouvelle vie, des cours prénataux à la méditation ; elle avait lu tous les livres recommandés, mangé tous les aliments prescrits. Son médecin était content du déroulement de sa grossesse. Elle n'avait vu sa mère et sa sœur que quelques fois, mais c'était par choix : au moins, à trente-huit semaines de grossesse, elle avait l'excuse parfaite pour ne pas passer Noël au palais. À la place, elle avait accepté la très gentille invitation à déjeuner d'un couple qu'elle avait rencontré au cours de préparation à l'accouchement.

Elle ne voulait pas encourager sa famille à l'aider, même si leurs efforts étaient bien intentionnés. Elle était déterminée à tracer son propre chemin, toute seule. Elle serait bientôt mère célibataire. Ce n'était pas la vie qu'elle avait imaginée, mais qui pouvait prétendre que l'avenir ressemblait aux fantasmes naïfs de la jeunesse ?

Malgré les questions de sa famille, elle n'avait pas révélé l'identité du père. Sa grossesse pesait déjà lourd sur ses émotions et les opinions d'autrui n'auraient fait qu'empirer la situation. Pendant des années, elle avait été une boussole pour son noyau familial ; elle avait été l'enfant raisonnable vers qui chacun s'était tourné en cas de problème ; elle avait porté seule le fardeau des responsabilités. C'était la première fois qu'elle sortait de ces sentiers battus. Mais si les membres son entourage s'étaient reposés sur son indépendance et sa détermination à l'époque, ils n'avaient pas le droit de les lui reprocher aujourd'hui ; c'était aussi simple que cela.

Elle n'avait pas le courage d'affronter leur réaction, ou même de les entendre insulter Xanthos. Il n'avait rien fait de mal, n'est-ce pas ? Oui, elle était tombée enceinte sans le vouloir ; le genre d'accident qui arrivait aux amants depuis la nuit des temps. Il avait proposé de l'épouser, quoique sans enthousiasme, et lorsqu'elle avait refusé sa proposition, il avait immédiatement mis en place un généreux versement qui arrivait déjà sur son compte en banque chaque mois. Au début, Bianca avait envisagé de le refuser ; de le lui renvoyer, peut-être, ou de le transférer à des associations caritatives. Mais elle avait finalement décidé de ne pas se laisser guider par l'orgueil. Si elle ne pouvait plus travailler, pour quelque raison que ce soit, elle aurait besoin de cet argent.

La sonnette de la porte d'entrée l'arracha à ses pensées, et elle jura entre ses dents. Elle n'attendait personne. En plein milieu de Wimbledon Village, les chorales d'enfants ne faisaient pas de tournées, et sa vie professionnelle avait toujours été trop mouvementée pour qu'elle se fasse des amis dans le quartier. Personne ne venait la voir sans annoncer sa visite, surtout pas un jour de fête. Peut-être que si elle ignorait la sonnette...

Mais non, on sonna de nouveau, plus impérativement, cette fois-ci, comme si le visiteur avait laissé son index pressé sur le bouton.

Elle fit claquer sa langue et alla vérifier l'écran de la caméra de sécurité.

Ses jambes flageolèrent.

Le visiteur était un homme. Un homme grand, large, puissant, un homme qu'elle aurait reconnu entre mille.

Xanthos.

Son cœur battait trop fort. Elle s'appuya contre le mur, le souffle court. Elle n'était pas obligée de le laisser entrer. Elle pouvait faire semblant d'être absente. Elle ne se faisait pas confiance, pas avec lui, pas alors qu'elle était déjà si désorientée et si émotive, à quelques semaines de son accouchement. Mais elle savait qu'il ne baisserait pas les bras si facilement.

Peut-être était-ce important. Peut-être qu'elle pouvait écouter ce qu'il avait à lui dire, puis le laisser partir en lui souhaitant un joyeux Noël. Peut-être que sa voix ne briserait pas, et que son visage ne trahirait pas son chagrin.

Laborieusement, elle descendit les deux étages, appuyée sur la rampe. Mais, lorsqu'elle ouvrit la porte, ce ne furent ni l'effort ni les bourrasques glacées de décembre qui lui coupèrent le souffle. Même si elle savait qui l'attendait, rien ne pouvait la préparer au choc de le voir à nouveau, en chair et en os, debout sur le perron, avec toute l'assurance d'un homme qui possède l'immeuble entier. Sur le trottoir d'en face, elle remarqua deux femmes qui se tournaient pour lui jeter un autre coup d'œil, puis gloussaient entre elles ; un éclair de colère possessive la traversa.

Dieu merci, le cadre de la porte lui fournissait un soutien. Elle leva les yeux vers ce beau visage ciselé et austère qu'elle connaissait si bien. Il semblait s'attendre à des invectives... Mais elle avait la bouche sèche et ne trouva pas d'autres mots que :

— Qu'est-ce que tu fais ici ?

— Bonsoir, Bianca. Moi aussi, je suis heureux de te voir.

— Je n'attendais personne. J'aurais préféré que tu me préviennes avant de passer.

— Pour que tu refuses de me voir ?

— Qui sait, marmonna-t-elle.

Son regard sombre courut sur elle et elle eut l'impression qu'il la marquait au fer rouge.

— J'ai appelé plusieurs fois. Tu ne réponds jamais.

— Je suis très occupée, mentit-elle. Je réponds à tes e-mails, non ?

— Pas toujours, grogna-t-il. Et ce n'est pas un moyen de communication satisfaisant, de toute façon.

Sans aucun doute. Même les e-mails étaient dangereux. Ils étaient immédiats mais laissaient des traces écrites qu'elle était trop tentée de relire.

Elle se souvenait d'un soir lors duquel, travaillant à minuit, elle avait reçu un de ses messages. Stupidement, son cœur était parti au quart de tour. Il se contentait de lui demander des nouvelles. Elle avait répondu poliment, les mains moites :

Je vais bien, merci.

Il est tard. Toujours pas couchée ?

Je travaille. C'est quoi, ton excuse ?

Je vais bientôt dîner. Il n'est que 20 heures à la Barbade.

Et un brouillard rouge avait envahi son esprit : elle avait été incapable de songer à quoi que ce soit d'autre. Pourquoi était-il à la Barbade ? Avec qui dînait-il ? Bien sûr, elle savait qu'elle n'avait aucune raison d'être jalouse ; aucune *légitimité*. Mais l'angoisse l'avait tout de même torturée et, ce jour-là, elle avait décidé que même les e-mails étaient trop dangereux pour elle.

Se souvenait-il de cette conversation, lui aussi ? Était-ce pour cela qu'il fronçait les sourcils, le regard plein de frustration ? Xanthos Antoniou n'était sans doute pas habitué à voir ses efforts ignorés. C'était un peu rassurant ; au moins, elle n'était pas la seule à ne pas savoir sur quel pied danser.

Elle avait tenté d'oublier ses fantasmes mièvres, ses rêves stupides de vie domestique, de sensualité. Elle avait essayé, encore et encore, de retrouver la personne qu'elle était avant Xanthos. Elle voulait oublier cet homme. L'effacer.

Mais il était difficile d'ignorer qu'aujourd'hui était une sorte d'anniversaire.

— Pourquoi es-tu venu ? Un shopping tardif dans le sud-ouest de Londres ?

— Non. Et je ne veux pas avoir cette conversation sur le

seuil de la porte, dit-il en arquant un sourcil. Je peux entrer et te parler ?

La requête était parfaitement raisonnable. Pourtant, Bianca savait qu'il était risqué d'accéder à ses demandes. Xanthos était si charismatique qu'il était toujours facile d'acquiescer. Seulement voilà : elle ne voulait pas le laisser revenir dans sa vie comme si de rien n'était, sans avertissement. Elle se sentait seule et vulnérable, à la veille de Noël, mais ce qu'il avait dit la dernière fois qu'ils s'étaient vus n'en était pas moins condamnable. Il avait clos la conversation en l'encourageant à trouver un mari. La blessure était toujours là.

Cependant, il était le père de son bébé. Elle avait accepté sa pension alimentaire ; en contrepartie, inévitablement, il avait un droit d'accès. Elle allait devoir faire avec.

— J'espérais que nous nous étions déjà dit l'essentiel, tenta-t-elle tout de même.

Xanthos secoua la tête. Il sentait l'impatience monter en lui, mais aujourd'hui, il faudrait aller au rythme de Bianca. Il n'avait pas l'habitude de se plier aux souhaits de quiconque ; toutefois, il inclina la tête et répondit d'un ton pacifique :

— S'il te plaît. J'ai juste besoin de quelques minutes.

Leurs regards se croisèrent et la curiosité remplaça la méfiance dans les beaux yeux verts de Bianca.

— Viens, alors, marmonna-t-elle en tournant les talons. Et verrouille la porte derrière toi.

Il la suivit dans l'escalier en notant qu'elle était toujours aussi gracile, malgré sa grossesse. Lorsqu'ils arrivèrent dans son minuscule salon, il put enfin contempler sa beauté dans la lumière. La dernière fois qu'il l'avait vue, elle portait une tenue professionnelle ; seul son chemisier, légèrement tendu sur ses seins, laissait alors présager qu'elle était enceinte. Mais maintenant...

Maintenant, elle personnifiait la splendeur et la féminité.

Xanthos baissa le regard sur son ventre rond, mis en

valeur par sa robe vert pâle. Ses cheveux étaient lâchés et plus brillants encore, une cascade de lourdes ondulations autour de ses fines épaules. Il s'était préparé, bien sûr, à la voir ainsi : si proche de l'accouchement, elle serait nécessairement métamorphosée. Mais la réalité était bien différente de ses attentes, chargée d'une émotion qu'il peinait à contrôler. Le cœur de son enfant battait en elle... Il se sentait désorienté, et... autre chose. Quelque chose d'encore inconnu, qui engloutissait ses dernières défenses et le laissait, au milieu du salon, vulnérable et souffrant.

Il secoua la tête. Il avait grandi dans la richesse. On l'avait élevé dans la conviction que la maîtrise de soi était un gage de qualité : il avait toujours été encouragé à garder ses distances, à afficher une expression d'une neutralité totale. Néanmoins, aujourd'hui, face à Bianca qui rayonnait, il se sentait absolument primitif ; à deux doigts de rugir comme un lion, de l'attirer dans ses bras et de la porter jusqu'à la chambre sans autre forme de procès.

Il tenta de freiner ses ardeurs et embrassa la pièce du regard, vaguement perplexe. Il ne savait pas à quoi il s'était attendu, mais certainement pas à ces lieux si humbles. Il lui versait une pension généreuse, et sa sœur vivait dans un palais. Son royal beau-frère ne lui avait-il pas proposé un immense appartement ? Il était prêt à maudire Corso, mais se reprit ; l'indépendance féroce de Bianca n'était plus à prouver. Elle aurait sans aucun doute refusé, comme elle avait refusé de l'épouser.

La pièce était petite, les meubles se ressemblaient tous et elle n'avait pas installé de décorations pour les fêtes. Pas de sapin. Pas de gui. Pas de guirlandes. Rien. Il gagna la fenêtre et jeta un coup d'œil par la vitre. Pas de jardin non plus, juste la rue passante en contrebas. Il tenta d'imaginer sa vie ici, avec son bébé. Leur bébé.

— Où le bébé va-t-il dormir ? s'enquit-il.

C'était la première fois qu'il mentionnait son enfant à voix haute. Sa gorge se serra.

Le visage de Bianca s'était adouci, et son sourire était aussi lumineux qu'une éclaircie à travers les nuages. Jamais Xanthos n'avait connu un regret aussi aigu.

— Viens voir.

Elle le mena dans une petite chambre. Xanthos desserra son col. Quelque chose, dans sa poitrine, s'était douloureusement crispé. L'émotion le submergeait et le sang battait à ses tempes. Dans la pièce, un petit berceau très simple, au-dessus duquel dansait un mobile décoré d'animaux. Les murs étaient peints d'un jaune pâle, et un grand tableau représentant la jungle ornait un long pan de mur. C'était une chambre pleine d'amour, sans faste. Elle lui rappelait tout ce qu'il n'avait pas eu. Elle lui rappelait Vargmali. Dans un coin, Bianca avait placé un fauteuil et un petit repose-pieds, et malgré son ignorance des choses de la maternité, Xanthos comprit que c'était là qu'elle donnerait le sein à leur enfant. Il déglutit.

— Qui a décoré cette chambre ?

Elle cligna des yeux, surprise.

— Moi, évidemment.

— Tu n'as engagé personne ?

— Xanthos, je suis capable de peindre un mur et de monter un berceau.

Oh ! il pouvait l'imaginer, perchée sur une échelle instable.

— Tu es enceinte, marmonna-t-il, les sourcils froncés. Tu es si têtue... Un peintre aurait pu faire le travail !

— Je n'ai jamais eu besoin de personne, Xanthos.

Voilà un sentiment qu'il pouvait partager. Il hocha la tête et ils retournèrent ensemble dans le salon, où il remarqua pour la première fois sa cheminée.

— Un âtre éteint..., dit-il, pensif. Cela te rappelle quelque chose ?

Bianca le foudroya du regard, de peur que les larmes lui montent aux yeux. S'il sous-entendait que son petit appartement lui rappelait une masure vétuste perdue dans la montagne, il pouvait garder ses goûts de luxe pour lui ; et s'il exprimait de la nostalgie, elle ne voulait pas l'entendre non plus. Ne comprenait-il pas qu'elle était en pleine tempête hormonale ? La moindre de ses émotions était démultipliée. Comment osait-il parler de ce qu'ils avaient un jour partagé, alors qu'il avait toujours traité leur relation comme une aventure sans lendemain ? C'était d'une hypocrisie sans nom. Il voulait sans doute la manipuler pour obtenir gain de cause.

Mais gain de cause pour *quoi* ?

Maintenant, il s'agissait de comprendre ce qu'il attendait d'elle. Les possibilités ne manquaient pas, mais elles étaient toutes alarmantes. La plus grande, la plus sombre angoisse de Bianca lui retournait l'estomac. Et s'il avait rencontré une autre femme, s'il était tombé amoureux ? Si cette inconnue, contrairement à elle, lui avait fait changer de point de vue sur la vie de famille ? S'il était venu ici, adouci, pour exiger de partager la garde de son enfant avec elle ?

Lui et sa nouvelle partenaire... Et son bébé...

Elle frissonna d'horreur. Elle n'aurait aucune raison de refuser, et pourtant...

Elle était jalouse. Elle ne voulait pas partager Xanthos et son bébé avec une autre femme.

Mais toutes ces élucubrations n'avaient pas d'importance : quoi qu'elle ressente, elle ne pouvait pas s'opposer à une telle demande. Xanthos avait trop souvent été rejeté. Leur bébé avait le droit d'avoir un père aimant. Elle ne ferait jamais obstacle à leur relation. Sinon, comment pourrait-elle être une bonne mère ?

Elle dansa d'un pied sur l'autre, les chevilles douloureuses. Elle aurait peut-être dû lui proposer un thé ou un café. Elle n'avait pas de biscuits de Noël, cette année. Elle avait à peine songé aux fêtes ; elle avait été trop focalisée sur le bébé, ses vêtements, ses crèmes, ses couches, ses produits de bain hypoallergéniques...

Peu importait. Xanthos survivrait sans pâtisseries.

— Alors ? Je suis tout ouïe. Dis-moi pourquoi tu es venu me voir.

Il ne répondit pas immédiatement. Elle l'avait souvent vu tendu ; consumé par l'adrénaline lorsqu'il avait fait atterrir son jet, crispé par la détermination quand il avait pris les choses en main dans leur abri de fortune ; raide et frissonnant de plaisir au moment de l'orgasme. Figé comme une statue de sel quand elle lui avait annoncé qu'il serait bientôt père.

Aujourd'hui, c'était différent. La tension qui émanait de lui était si intense qu'elle semblait électriser la pièce.

— J'ai eu le temps de réfléchir, ces derniers mois, déclara-t-il enfin. J'ai pris de mauvaises décisions par le passé. Mais je crois que j'ai encore le temps de les rectifier.

Il inspira profondément et plongea son regard sombre dans le sien.

— Je veux t'épouser, Bianca.

12

Bianca devait être honnête. Elle avait fantasmé ce moment, pendant ces derniers mois. Elle s'était demandé ce qu'elle ressentirait si Xanthos la demandait en mariage – pas comme il l'avait fait dans son bureau, avec dégoût et détachement ; non, une véritable demande. Ces rêves avaient été enivrants. Affaiblissants, aussi. Ils avaient hanté les périodes de stress, d'épuisement, de lassitude, lorsqu'elle aurait voulu se reposer sur un homme fort plutôt que de tout devoir affronter seule. Mais elle s'était toujours rappelée à l'ordre ; la logique et la détermination avaient primé. Elle n'avait pas besoin d'un homme fort : *elle* était forte.

Et de nouveau, à cet instant précis, la logique et la détermination étaient ses meilleures alliées.

— Je vois…, répondit-elle d'un ton sceptique. C'est inattendu. Qu'est-ce qui a provoqué ce revirement ?

— Tu es enceinte.

— Vraiment ? ironisa-t-elle en montrant d'un geste vague son énorme ventre.

Le bébé choisit ce moment pour lui donner un minuscule coup de pied.

Xanthos remarqua-t-il la douleur et la joie qui teintaient sûrement son expression lorsqu'elle sentit leur bébé bouger en elle ? Était-ce pour cela qu'il bondit en avant pour la soutenir d'une main et l'attirer dans un fauteuil près de la cheminée ?

Elle aurait dû l'arrêter ; si elle n'avait pas été aussi bouleversée, elle se serait écartée. Peut-être. Même si le contact de sa main sur ses reins était exquis, même si la pression de ses doigts faisait courir un frisson délicieux le long de son échine...

Oh ! n'était-ce pas merveilleux de le retrouver enfin ?

Sous ses yeux ébahis, il s'agenouilla devant elle sans hésiter et entreprit de lui retirer ses bottes.

— Qu'est-ce que tu fais ? s'enquit-elle.
— Je t'aide à te mettre à l'aise.

Il avait dû remarquer qu'elle peinait à rester debout dans ses chaussures trop étroites. Cependant, elle avait cru une seconde qu'il s'inclinait pour poursuivre sa demande. Elle ravala sa déception. Les yeux dans les siens, alors qu'il faisait délicatement glisser la botte le long de son mollet, elle comprit que ses soins et sa tendresse étaient bien plus précieux.

Il laissa son pouce s'attarder sur l'arc de sa voûte plantaire, caresse intensément érotique. Elle était tentée de laisser son pied reposer dans sa main et de le supplier pour un massage...

Non ! De peur de succomber à la tentation, elle recula d'un mouvement brusque et secoua la tête.

— Nous avons déjà parlé mariage, Xanthos, affirma-t-elle d'un ton sans appel, décidée à se concentrer sur les faits plutôt que de laisser le rêve l'engloutir. Si je me souviens bien, tu n'étais pas un grand supporter de l'institution. Tu m'as même encouragée à me trouver un mari. Or, rien n'a changé depuis que nous avons eu cette discussion, si ce n'est la forme de mon corps, évidemment. Ne t'inquiète pas, je peux me charger de ce bébé toute seule.

Il inspira profondément et se redressa pour aller se poster devant la cheminée. Accoudé au manteau en pierre, il était d'une beauté époustouflante ; une œuvre d'art faite homme. Il avait retiré son manteau saupoudré de neige et portait un pull de cachemire couleur de nuage qui rehaussait la noirceur de ses yeux et de ses cheveux épais. Son jean était savamment délavé et moulait ses jambes, comme taillé pour souligner la puissance de ses cuisses et l'étroitesse de ses hanches. Elle aurait préféré qu'il reste agenouillé ; au moins, elle n'aurait pas bénéficié de cette vue imprenable.

Il était... magnifique.

Il était sexy.

Et elle le voulait de tout son corps, de tout son cœur. Elle était surprise de pouvoir ressentir un désir aussi intense à ce stade de sa grossesse, mais c'était indéniable. L'incroyable sensation créée par le contact de ses mains, lorsqu'il lui avait retiré ses bottes, s'attardait en elle. Elle avait passé tant de nuits éveillée, seule, effrayée, à rêver de son corps auprès d'elle... Pas n'importe quel corps, pas n'importe quel homme, pas un mari abstrait conforme à toutes ses exigences ; Xanthos, seulement Xanthos. Les baisers de Xanthos. Les bras de Xanthos. Les caresses de Xanthos. Xanthos enfoui en elle. Lorsqu'elle se réveillait en sursaut et réalisait que ses rêves ne deviendraient jamais réalité, un terrible désespoir la prenait toujours au cœur, même quand elle se répétait qu'elle était ridicule, et qu'elle était assez forte pour surmonter cette souffrance.

Elle humidifia ses lèvres sèches et secoua la tête, mais ses pensées continuaient de bouillonner. Aurait-elle tort d'oser réfléchir, d'oser imaginer à quoi pourrait ressembler un mariage avec lui ?

— Beaucoup de choses ont changé, murmura-t-il en se tournant vers elle. J'ai pris le temps de réfléchir. J'ai passé les deux dernières semaines à Monterosso avec Corso.

Elle haussa un sourcil, soupçonneuse.

— Je croyais que tu ne voulais pas remettre les pieds à Monterosso ou revoir Corso.

— Moi aussi, mais j'avais tort.

— Oh ! Je ne crois pas t'avoir jamais entendu avouer que tu avais tort, remarqua-t-elle.

Il sourit légèrement.

— C'est rare, effectivement.

— Alors, dis-moi, qu'est-ce qui t'a fait changer d'avis ?

Xanthos baissa les yeux sur l'un des bibelots qui décoraient le manteau de la cheminée : une photo de Bianca et de Rosie le jour du mariage, glissée dans un cadre d'or incrusté d'émeraude. Bianca souriait, radieuse, en opposition totale avec l'expression distante et fatiguée qu'elle affichait aujourd'hui.

Quel naïf... Avait-il cru que le temps et la distance auraient apaisé sa rancœur ? Qu'elle accepterait sa demande sans hésiter ? Bien sûr. Mais il avait aussi espéré que ses propres sentiments seraient purement rationnels, et il ne pouvait pas se mentir plus longtemps sur ce point. Dès qu'il l'avait vue, un sursaut de possessivité l'avait pris à la gorge ; ses sens s'étaient enflammés. Il était encore en proie au brasier, et il ne savait comment il échapperait un jour à ce feu insatiable qui le tourmentait depuis qu'il avait posé les yeux sur elle, ce premier jour, à Monterosso.

Elle le regardait toujours, avec ce regard aigu et perçant qu'il respectait tant. Pourquoi lutter ? Il n'arriverait à rien s'il n'était pas honnête avec elle. Il avait appris de ses erreurs.

— J'avais simplement envie d'en savoir plus sur mon demi-frère. La seule personne au monde avec qui je partage le même sang. A l'exception de l'enfant que tu portes, bien sûr.

Un rose délicat monta aux joues de Bianca, comme si cette remarque avait provoqué une émotion inattendue.

— Et de ma mère, ajouta-t-il soudain.

— Tu as retrouvé ta mère ? s'étonna-t-elle.

— Non, mais j'ai envoyé quelqu'un à sa recherche. Il y a

quinze ans, je suis parti sans me retourner, mais je pense que je dois revenir sur mes pas. Je veux comprendre sa décision. Je veux savoir comment celle-ci a affecté sa vie.

Il s'interrompit et soutint son regard.

— C'est toi qui m'as un jour conseillé de le faire. Tu avais raison.

Elle assimila l'information en silence. Sa voix était tremblante lorsqu'elle reprit :

— Et... est-ce que tu as dit à Corso et ma sœur que tu étais le père de mon bébé ?

— Non. Visiblement, tu ne voulais pas qu'ils le sachent, et je respecte ta décision, Bianca. Je crois qu'ils ont compris tous seuls... Quoi qu'il en soit, je n'ai ni confirmé ni nié.

— Bien.

Elle s'enfonça dans le fauteuil.

— Continue ton histoire. Je t'écoute, ajouta-t-elle.

Il avait baissé les yeux sur l'âtre vide, comme s'il craignait la force de son regard.

— Passer du temps à Monterosso m'a permis d'évaluer ma vie. De reconsidérer mes décisions. De me pencher sur les choses que je préfère habituellement laisser de côté. Je t'ai dit un jour que l'homme que je prenais pour mon père ne m'avait jamais aimé. Je n'avais pas compris que la haine était sans doute venue progressivement, qu'il m'avait vu grandir et que la rancœur, petit à petit, était devenue trop difficile à supporter.

Il secoua la tête avec un petit rire amer.

— J'étais jeune. Je n'étais pas conscient que nous ne nous ressemblions pas du tout, mais pour lui les différences devaient être évidentes. Un peu de recul m'a fait du bien. Je le comprends mieux, maintenant. J'étais plus grand que lui à douze ans ; j'étais fort, carré...

— Et très beau, j'imagine, marmonna-t-elle.

Il se redressa, un sourcil arqué, mais ne commenta pas,

même si le compliment, si spontané, lui réchauffait le cœur. Néanmoins, sa beauté n'avait jamais été remise en question. Bianca ne faisait qu'énoncer un fait. Cela ne signifiait pas qu'elle était prête à accepter sa demande.

— Je comprends maintenant pourquoi vivre avec moi était difficile pour lui. Son entourage lui rappelait sans cesse que nous ne nous ressemblions pas du tout. Et j'imagine que, tandis qu'il doutait de plus en plus, la peur de ma mère croissait également. Il avait commencé à soupçonner quelque chose bien avant d'exiger un test de paternité, et il me l'a fait payer, de façon subtile, peut-être, mais souvent cruelle.

— Est-ce...

Les beaux yeux verts de Bianca s'étaient assombris. Elle déglutit.

— Est-ce qu'il t'a frappé ?

Il secoua la tête. Personne n'avait jamais osé.

— Non, mais il y a bien d'autres manières de blesser. Les mots sont efficaces aussi. Répète à un enfant qu'il ne vaut rien et qu'il ne va nulle part, et il finira par te croire. C'est un autre type de souffrance... Une mort à petit feu.

— Oh ! Xanthos..., murmura-t-elle, et la tendresse dans sa voix le toucha comme rien ne l'avait jamais touché.

— Je ne te raconte pas tout cela pour t'inspirer pitié, grogna-t-il, la gorge serrée.

— Je sais. Mais qu'est-ce que tu veux exactement ?

Il secoua la tête. Il se sentait trop exposé, seul et debout au centre de la pièce, trop vulnérable sous son regard attentif. Il se détourna soudain et s'assit dans le fauteuil libre qui faisait face à Bianca, si proche qu'il aurait pu la toucher s'il avait tendu le bras. Et Dieu savait qu'il voulait la toucher : la chaleur de son corps lui avait tant manqué... Mais il devait être patient, jouer cartes sur table et accepter le résultat, quoi qu'il en coûte.

— Quand tu m'as annoncé ta grossesse, j'ai considéré

que te laisser partir était la meilleure chose que je pouvais faire, pour nous deux. Tu voulais une famille, tu avais été claire sur ce point ; une vraie famille, avec laquelle tu serais heureuse, une famille comme la tienne, avec un père aimant.

— Mais pas toi.

— Non, pas moi. Voilà pourquoi je t'ai donné la permission d'épouser quelqu'un d'autre.

Le petit rire de Bianca était coupant comme une lame.

— Crois-le ou non, Xanthos, mais je n'ai pas besoin de ta *permission* pour me marier. Ou pour voir d'autres hommes.

— Non, bien sûr...

Il grimaça.

— Je me suis mal exprimé. J'étais simplement convaincu que tu saurais trouver ce bonheur avec un autre homme.

— Comme c'est généreux..., railla-t-elle.

Il ignora la provocation, tout comme il tentait d'ignorer la joliesse de sa bouche rose, alors même que le désir de l'embrasser le mettait sur des charbons ardents.

— C'était avant que je comprenne les conséquences de mes actes.

— Qu'est-ce que tu veux dire ?

— Quand j'ai réagi de cette façon, j'étais sous le choc. J'étais incapable de réfléchir de façon rationnelle.

Il pinça les lèvres, déterminé.

— Mais maintenant, si.

En face de lui, elle se raidit. La détermination se lisait sur son visage : elle était prête à l'offensive.

— Et ? insista-t-elle.

— Et j'ai commencé à penser à l'homme que tu épouserais un jour.

— Ne t'inquiète pas, coupa-t-elle en posant les bras sur son ventre. Les prétendants ne se bousculent pas. Apparemment, être enceinte jusqu'aux yeux ne m'a pas transformée en bombe atomique.

Il rit doucement mais secoua la tête.

— Non, je veux dire que j'ai visualisé cet inconnu, qui un jour éduquerait mon enfant comme le sien. Cet inconnu qui risquait d'en vouloir à mon fils et de le regarder comme un intrus.

— Quoi ? Les circonstances sont complètement différentes, Xanthos ! Ce n'est pas la même situation qu'avec ta mère. Mon bébé ne sera pas un secret. Si j'épouse quelqu'un, il saura à quoi s'en tenir.

— Tu crois que la biologie n'influera pas sur l'amour que cet homme pourra porter à un enfant qui n'est pas le sien ? Non, Bianca. Je ne peux pas supporter cette idée. Je ne peux pas laisser mon enfant vivre ce que j'ai vécu. Quand je t'ai proposé de m'épouser, il y a quelques mois, tu as refusé. Aujourd'hui, j'ai bien peur de devoir insister. Il faut que tu sois ma femme.

Pour adoucir ses mots, il les accompagna d'un sourire.

— Réfléchis-y, ajouta-t-il. Pense à tous les avantages et à combien ils contrebalancent les inconvénients.

Elle le fixait, lèvres closes, comme si elle attendait la suite, mais il avait terminé son argumentation. Dans le silence, elle finit par plisser les yeux.

— Je n'ai pas besoin de réfléchir très longtemps. Je veux juste m'assurer que j'ai bien compris ta demande. Tu dois *insister* ? Il *faut* que je sois ta femme ?

— Je me suis peut-être mal exprimé…

— Tu crois ?

— Nous sommes compatibles sur bien des plans, Bianca ! Tu sais que j'ai raison. Avec toi, je ne m'ennuie jamais, ce qui est une première pour moi. Et notre alchimie est extraordinaire…

Il baissa la voix, les yeux dans les siens.

— Je suis sérieux quand je dis que le sexe n'a jamais été meilleur qu'avec toi.

— Quel compliment..., répondit-elle, sarcastique. Après les études approfondies que tu as dû mener en la matière, je suis flattée.

Cette conversation n'allait pas du tout dans le sens que Xanthos avait espéré. Il joignit les mains, comme pour une supplique silencieuse.

— J'essaie juste d'être honnête avec toi. S'il te plaît. Je peux être un bon père pour notre bébé et un bon mari pour toi. Nous pouvons fonder une famille harmonieuse et solide. Tu sais que nous en sommes capables.

Elle secoua la tête.

— Non, tu ne comprends pas, soupira-t-elle, exaspérée. Tu ne veux pas « fonder une famille », tu ne veux pas d'un mariage heureux. Ce n'est pas ce qui t'a poussé à venir ici aujourd'hui, Xanthos. Fais preuve d'un peu d'honnêteté envers toi-même, pour une fois. Analyse tes motivations. Tu comprendras vite que ta demande n'est motivée que par le pouvoir et la possessivité. Tu es un homme riche, au sommet de la chaîne alimentaire ; tu es habitué à obtenir tout ce que tu veux. J'ai fait l'impossible : j'ai refusé de céder à tes caprices. Non seulement ça, mais en plus, à ton grand dam, j'ai quelque chose de toi que je ne te laisse pas posséder pleinement : ton enfant. Tu vois où je veux en venir ?

Elle leva une main autoritaire lorsqu'il ouvrit la bouche pour se défendre.

— Tu nous veux, moi et ce bébé, seulement parce que tu ne peux pas nous avoir. Ne t'accroche pas, Xanthos. Passe à autre chose. Car si tu obtenais ce que tu penses ne pas pouvoir posséder, tu n'en voudrais plus.

Il déglutit, frappé de plein fouet par la force de son argumentation.

C'était un refus. Elle ne voulait pas de lui.

Avait-il espéré que cette conversation serait une balade de santé ? Oui, mille fois oui. Sa vie n'avait pas toujours été facile, mais les femmes ne lui avaient jamais posé problème : au contraire, elles lui tombaient dans les bras avec un enthousiasme souvent intéressé. Mais pas Bianca Forrester, qui maniait son intelligence comme une arme acérée. Malgré la passion qu'ils avaient partagée, malgré le résultat de cette passion, elle se comportait avec la même austérité que jadis, toujours tranchante et inflexible. Savait-elle combien cela le charmait ? Combien cela le torturait ?

— Et c'est tout ?
— C'est tout, déclara-t-elle fermement. Il n'y a rien d'autre à dire. Et comme je n'avais pas l'intention de passer la veille de Noël de cette façon, je vais te demander de partir.

13

La neige tombait, drue et épaisse, lorsque Xanthos émergea dans la rue. Les flocons le giflèrent et s'accrochèrent à son manteau et ses cheveux. Il leva les yeux vers la fenêtre de Bianca dans l'espoir de croiser une dernière fois son regard, mais elle ne s'y était pas postée. Elle ne voulait pas lui accorder d'au revoir. Pas même un coup d'œil méfiant pour vérifier qu'il quittait bien son immeuble et reprenait sa voiture. Au lieu de marcher vers le parking, Xanthos prit la direction opposée et dépassa les vitrines illuminées, toutes de paillettes et de guirlandes vêtues, sans leur jeter un coup d'œil ; à demi aveuglé par la neige, le cœur battant la chamade, il avait l'esprit en ébullition.

Il n'arrivait pas à y croire. Bianca avait rejeté sa demande sans aucune hésitation, et ses accusations résonnaient toujours à ses oreilles.

Lui, motivé par le pouvoir et la possessivité !

Il plissa les lèvres.

Qu'avait-elle espéré ? Oh ! il le savait bien, ce qu'elle espérait ! Elle voulait plus que ce qu'il était capable de lui donner. Elle voulait plonger en lui, connaître ses secrets, toucher son cœur. Un cœur qu'il avait protégé sans relâche depuis l'adolescence. Ne pouvait-elle donc pas se satisfaire d'un compromis ? Il lui offrait plus que ce qu'il avait jamais envisagé d'offrir à quiconque ! Et elle n'en voulait pas ? Dans ce cas, grand bien lui fasse. Cela finirait par être une bonne chose pour lui aussi.

Alors pourquoi avait-il soudain l'impression de porter le monde sur ses épaules ? Le poids de son fardeau le faisait ployer ; il avait... le sentiment d'avoir perdu quelque chose de très précieux. Quelque chose de vital.

Sur un coup de tête, il se laissa attirer par un magasin encore ouvert, duquel s'élevaient des chants de Noël. Couvert de neige, tremblant, il poussa la porte et réalisa trop tard que le commerce était un magasin de vêtements pour enfants.

Sur les portants, des petits costumes d'elfe, des robes de princesse et des ailes de fée côtoyaient de minuscules gilets en laine pâle et des barboteuses brodées de lapins et de carottes. Xanthos se figea dans l'allée centrale. Il peinait à imaginer qu'une créature puisse porter des vêtements si petits. Verrait-il un jour son bébé dans une de ces tenues miniatures ?

Tandis que retentissait la mélodie d'un chant particulièrement poignant, la peine et le regret le submergèrent. Il y avait un an exactement, lui et Bianca étaient à Vargmali à écouter le chœur des enfants qui entonnaient leurs chansons traditionnelles sous les yeux brillants de leurs proches. Il se souvenait du visage de Bianca : son émerveillement, sa joie si pure et si sincère alors qu'elle admirait les humbles décorations de l'hôtel, son rire cristallin lorsqu'elle avait dansé dans ses bras. Pendant les chansons, ses paupières s'étaient fermées, et un sourire avait encore embelli son visage. Elle avait été emportée par ce langage qu'elle ne comprenait pas mais qu'elle avait aimé de tout son cœur.

Puis ils étaient remontés dans leur chambre, cette chambre froide, aux hauts plafonds voûtés, et elle lui avait offert le plus beau cadeau du monde. Il déglutit. Sans condition, elle s'était donnée à lui. Dans les montagnes, puis à Londres. Chaque fois, elle s'était offerte avec le plus grand altruisme et, chaque fois, il n'avait rien sacrifié en retour.

Elle avait encore choisi l'honneur et la générosité lorsqu'elle lui avait appris qu'elle était enceinte. Elle n'avait pas demandé de mariage ou de richesses, comme beaucoup l'auraient fait ; elle lui avait annoncé, avec dignité, qu'il avait le droit de participer à la vie de son enfant, s'il le désirait.

Et, encore une fois, il lui avait manqué de respect. Il lui avait jeté ses offrandes à la figure.

Peut-être qu'elle avait raison. Peut-être que sa demande en mariage était purement égoïste. Peut-être s'était-il montré sans cœur. Il n'avait certainement pas mentionné l'amour...

Parce qu'il s'était menti à lui-même.

— Monsieur ? Je peux vous aider ?

Il se tourna vers la jeune vendeuse. Elle portait une couronne dorée dans ses cheveux blonds, et ses boucles d'oreilles clignotaient en vert et rouge. Malgré sa jeunesse, il y avait dans ses yeux une maturité qui lui conférait une étrange sagesse.

— Je... Je cherche quelque chose pour un bébé.
— Un garçon ou une fille ?
— Je ne sais pas, admit-il, et elle lui sourit d'un air encourageant. Il n'est pas encore né.
— Laissez-moi vous aider.

Xanthos hocha la tête et la suivit.

Quelques minutes plus tard, il ressortait dans la neige épaisse avec un fardeau délicatement empaqueté et, dans le tourbillon des flocons, reprit sa route vers les autres boutiques que la jeune vendeuse lui avait recommandées.

Il n'avait pas terminé.

Quand la sonnette retentit une nouvelle fois, Bianca poussa un soupir. Elle n'était pas surprise. C'était Xanthos, évidemment. Au fond, n'était-elle pas heureuse qu'il soit revenu ? Elle lui avait demandé de partir alors que, intérieurement, elle priait pour qu'il reste. L'avait-il compris ? Était-ce pour cela qu'il était de retour, parce qu'il savait que sa détermination chancelait ?

Cette fois-ci, elle se contenta de presser l'Interphone ; elle n'avait plus le courage de faire l'aller-retour dans l'escalier. Pire encore, elle ne voulait pas lui ouvrir encore une fois la porte et laisser les lumières de la rue révéler les émotions qui guerroyaient en elle.

Lorsqu'il entra dans le salon, il avait les cheveux pailletés de neige et le visage humide, mais il ne semblait pas s'en soucier. Elle était assise sur le rebord de la fenêtre, les pieds encore douloureux ; elle croisa son regard où brillait la détermination. Il ne retira pas son manteau ; il traversa simplement la pièce à grandes enjambées et s'arrêta devant elle.

— J'ai été stupide et arrogant, Bianca. Je n'ai pas voulu comprendre l'évidence.

Elle cligna des yeux, perplexe, mais ne dit pas un mot ; elle ne voulait surtout pas influencer ce qui allait suivre.

— Je pense sans cesse à cette journée que nous avons passée ensemble, seuls, dans l'abri de montagne, continuat-il d'une voix pleine d'émotion. À ce que je t'ai confié. Pas tous mes secrets, non, pas encore... mais je t'ai parlé de mon passé, de mon éducation ; des choses que je n'avais jamais dites à personne. Déjà, à ce moment-là, j'étais viscéralement convaincu que tu ne trahirais jamais ma confiance. Et pourtant, j'ai choisi, encore et encore, d'ignorer cette conviction, parce qu'il était bien plus facile de ne pas y songer. Je voulais oublier ce dont je t'avais parlé et ne pas réfléchir aux raisons qui m'avaient poussé à me confier.

Bianca retint son souffle. Elle aurait voulu lui demander de ne pas la regarder comme cela, avec tant de ferveur...

— Xanthos, je...

Mais il secoua la tête et, d'un regard brillant comme l'onyx, la supplia de le laisser continuer.

— Je me suis menti trop longtemps. J'ai refusé de regarder les faits pour ce qu'ils étaient. Je ne voulais pas me demander pourquoi chaque expérience partagée avec toi était la plus profonde de ma vie ; j'ai fermé mon cœur et mon esprit à la réalité. Je me suis persuadé qu'en retournant à mon monde d'avant, mon monde si parfaitement maîtrisé, aseptisé, la souffrance finirait par s'effacer. Mais comment pourrait-elle s'effacer, alors que tu me manques tant ?

Elle posa une main sur son cœur, pleine d'espoir, et terrifiée à l'idée d'être déçue à nouveau.

— Je t'aime, Bianca, déclara Xanthos, et elle crut rêver. Je t'aime, et je n'ai jamais osé prononcer ces mots car j'avais peur de me mettre en danger ; mais aujourd'hui, je suis prêt à prendre le risque. Je veux faire partie de ta vie. De la vie de notre enfant. Je veux fonder une famille avec toi…

Il haussa les épaules d'un mouvement étrangement maladroit, comme s'il était gêné de sa propre sincérité.

— Une vraie famille, murmura-t-il. Pour toujours.

Bianca aurait voulu se jeter dans ses bras. Elle avait passé ces derniers mois à lutter contre ses rêves de félicité pour se protéger de la souffrance. Mais Xanthos avait raison : former des défenses autour de son cœur avait un prix et, pour se préserver, elle l'avait blessé. Plus tôt, lorsqu'il lui avait parlé du choc qu'il avait éprouvé, de ses efforts, de son passé, elle n'avait fait preuve d'aucune sympathie ; elle s'était accrochée à sa terreur et à sa fierté. Elle avait été injuste, elle aussi.

Xanthos l'avait protégée lorsque leur avion s'était écrasé ; il lui avait appris l'amour physique, il lui avait sans cesse prouvé sa générosité, même s'il la montrait parfois maladroitement. Et maintenant, il était revenu, couvert de neige, et lui avait ouvert son cœur sans aucune réticence. Il était temps qu'elle fasse de même.

— Je comprends, tu sais, admit-elle. J'ai toujours utilisé mon indépendance comme un bouclier. J'ai regardé ma mère et ma sœur s'effondrer quand mon père a disparu et je me suis promis de ne jamais dépendre d'un homme comme elles avaient dépendu de lui. De ne jamais dépendre de personne.

Elle hésita, puis osa lui sourire.

— Mais j'ai eu tort. Parfois, il faut savoir se reposer sur quelqu'un.

— Je veux que tu te reposes sur moi, Bianca. Laisse-moi t'apporter mon soutien.

À cet instant, elle aurait pu éclater en sanglots ; elle ne voulait rien d'autre que prendre son beau visage dans ses mains et embrasser sa bouche, caresser sa joue. Mais elle voulait également exprimer ce qu'elle ressentait pour qu'il la comprenne à son tour.

— Je pensais que je savais ce que j'attendais d'une relation. Que si je définissais les paramètres, je garderais le contrôle de la situation. C'est pour ça que je ne suis jamais sortie qu'avec des hommes pour lesquels je ne ressentais rien. J'étais en sécurité, oui : parce que je ne m'étais pas mise en péril.

Elle secoua la tête avec un petit rire.

— Et puis je t'ai rencontré, toi. Tu étais tout ce dont je me méfiais. J'ai préféré penser que notre atterrissage forcé et l'adrénaline m'avaient fait perdre la tête à Vargmali. Mais je me mentais. Je t'étais destinée, Xanthos. Je n'aurais pas pu te résister, cette nuit-là, pas plus que je n'aurais pu interrompre les battements de mon cœur.

Ému, les mains tremblantes, il l'attira à lui et l'étreignit de toutes ses forces tandis qu'elle enlaçait sa nuque et enfouissait le visage dans le creux de son cou. Oh ! elle aurait pu rester là toute la vie, dans le parfum familier de sa peau, la chaleur de son épaule. Mais, du bout des doigts, il lui releva le menton pour plonger les yeux dans les siens.

— Je veux passer le restant de ma vie avec toi, dit-il très simplement. C'est tout.

— C'est déjà beaucoup, sourit-elle.

— Alors, tu veux bien m'épouser ?

— Bien sûr. Bien sûr que je veux t'épouser.

Mais voilà qu'il la lâchait pour s'agenouiller devant elle.

— Xanthos, qu'est-ce que tu fais ?

— C'est évident, non ?

Il avait plongé la main dans la poche intérieure de son manteau et en sortit une boîte de velours. Dans l'écrin brillait une bague en diamants aussi scintillante que la neige au-dehors. Et même s'il avait l'air légèrement perplexe, comme s'il n'était pas certain de la marche à suivre, son sourire avait l'arrogance irrésistible que Bianca aurait reconnue entre mille.

— J'ai vu que tu étais déçue, tout à l'heure, quand je ne t'ai pas demandée en mariage dans les règles de l'art...

— Je n'étais pas déçue !

— Tu étais *dévastée*, susurra-t-il.

Bianca rit alors qu'il glissait l'anneau à son doigt.

— D'accord, peut-être un peu, admit-elle en se penchant pour l'embrasser.

— Attends, dit-il en secouant la tête, résolu. Pas encore. Je n'ai pas terminé.

Bianca savoura un instant la nouvelle sensation de cette lourde bague à son annulaire, puis Xanthos se releva. Une nouvelle fois, il tira un paquet d'une de ses poches ; légèrement plus gros que l'écrin, mais à peine. La boîte était enveloppée de papier blanc et argenté, décorée d'un nœud écarlate. Les doigts de Bianca tremblaient lorsqu'elle l'ouvrit et y trouva une paire de minuscules petites bottes blanches, lovées dans du papier de soie.

— Je les ai trouvées dans une petite boutique, expliqua-t-il d'une voix bourrue. Je n'arrive toujours pas à imaginer des pieds assez petits pour entrer là-dedans...

C'était peut-être les mots les plus beaux qu'elle eût jamais entendus. Elle cligna fébrilement des yeux pour ne pas fondre en larmes et, avant qu'il l'embrasse avec ferveur, elle aperçut la même brillance dans ses prunelles sombres. Il la souleva alors dans ses bras pour la porter vers la chambre qu'il n'avait pas encore vue et la déposer sur le lit comme un précieux fardeau. Là, il s'allongea près d'elle et la caressa longtemps, explorant avec délice ses nouvelles formes. Ses seins lourds, son ventre rond, ses cuisses douces qui tremblaient sous la tendre provocation. Il la fit jouir avec ses doigts, et elle trembla dans ses bras en gémissant son nom, emportée par l'extase et l'émerveillement. Elle lui rendit la pareille avec une joie qu'elle n'avait pas ressentie depuis bien longtemps.

Ensuite, il fit couler un bain et lui proposa d'aller se détendre dans l'eau chaude. Obéissante, Bianca plongea dans les bulles odorantes et contempla l'énorme diamant qui étincelait à son doigt. Il lui sembla déceler des voix et des sons étouffés dans le salon, mais elle était si bien qu'elle n'y réfléchit pas à deux fois.

Réchauffée, radieuse, elle s'extirpa de la baignoire après un long moment de relaxation et enfila son peignoir pour aller rejoindre Xanthos. À l'entrée de la pièce à vivre, elle s'arrêta net, bouche bée. Il semblait qu'une fée avait joué de sa baguette magique dans le salon si triste qu'elle avait quitté.

La pièce était métamorphosée. Dans la cheminée, un grand feu crépitait joyeusement et jetait des reflets d'or sur le sol. De la végétation décorait chaque surface : une couronne de pin au-dessus de l'âtre, des guirlandes de gui autour des tableaux et sur le bord des buffets ; une gerbe de houx sur la petite table, accompagnée de hautes bougies rouges qui s'accordaient avec l'écarlate des baies. Xanthos l'attendait près du feu avec sur le visage un grand sourire satisfait.

— Xanthos... Comment est-ce possible ?

— La vendeuse de la boutique pour bébé m'a recommandé un bijoutier et un fleuriste. J'ai expliqué à ce dernier que j'avais besoin d'un Noël instantané.

— Et ils ont fait un travail extraordinaire, souffla Bianca en caressant une guirlande. Oh ! Xanthos, c'est magnifique. Aussi magnifique que la salle à manger de Vargmali.

— C'est exactement à cela que je pensais, sourit-il.

Elle se glissa dans ses bras, et il la serra contre son cœur pendant qu'ils continuaient d'admirer la magie qu'il avait créée pour elle.

La magie... Oui, leur amour aussi était magique. Après tout, c'était l'amour qui avait transformé leurs deux natures, si libres et si sauvages. Dans leurs esprits indépendants s'était fait jour une détermination tout aussi forte, mais compatible ; une générosité mutuelle.

C'était leur premier soir en tant que fiancés, alors, bien sûr, ils se retirèrent dans la chambre très tôt. Ils étaient occupés à s'embrasser paresseusement, langoureusement, lorsque Bianca laissa échapper une exclamation de surprise.

Xanthos n'eut pas besoin de la voir crisper les mains sur son ventre pour comprendre ce qui venait de se passer. Il se força à rester calme, mais, intérieurement, il n'avait jamais été en proie à une telle terreur. Bianca s'empressa de lui donner des directives, entrecoupées par des halètements de douleur.

— Il est en avance ! s'exclama-t-elle lorsque la sage-femme arriva sur les lieux et leur expliqua qu'ils n'auraient pas le temps d'aller à l'hôpital, pas un soir de fête, quand les rues étaient encombrées de neige.

— Il ne s'agit que de deux semaines, déclara la sage-femme avec un sourire rassurant. Est-ce que le papa peut nous trouver des serviettes ?

Rien, pas même un atterrissage forcé, n'était plus bouleversant que ces heures de souffrance et d'effort. Xanthos obéit à chaque demande de la sage-femme, douloureusement conscient de sa propre inutilité, alors que Bianca donnait naissance à leur enfant. Il essuya son front et caressa ses reins et ne cessa de lui répéter qu'elle était magnifique. Et quand, au premier coup de minuit, leur bébé vint au monde, ce fut dans le tintamarre jubilatoire des cloches de Noël.

— C'est une fille ! s'écria la sage-femme en essuyant le nourrisson avant de le placer sur le sein de Bianca. Une magnifique petite fille !

Incapable d'exprimer l'émotion incommensurable qui montait en lui, Xanthos hocha la tête et s'inclina pour embrasser Bianca, puis leur bébé.

Son bébé.

Il ne s'était jamais senti aussi vulnérable, aussi à nu qu'à cet instant, dans cette pièce où le sang, la sueur et les larmes avaient coulé. Et c'était ici, avec sa femme, avec son bébé, à la lumière du feu, entouré de chaleur, d'amour et de beauté, alors que la mélodie des cloches retentissait toujours, qu'il comprit enfin ce que voulait dire avoir un foyer.

Il ravala ses larmes. *Son* foyer.

Épilogue

Trois ans plus tard...

Même à cette hauteur, dans les étages du palais, les illuminations de l'énorme sapin de Noël se déversaient dans la chambre. Mais, dans son petit lit, Noelle dormait déjà d'un profond sommeil.

Bianca caressa les boucles sombres de sa fille avant de croiser le regard de Xanthos, qui la regardait de l'autre côté du lit. Immédiatement, son cœur s'envola, mû par un amour infini. La journée avait été riche en émotions ; ils passaient Noël à Monterosso et, ce matin même, Xanthos était sorti faire du cheval avec son frère pendant que Noelle jouait avec son petit cousin. Bartolo Corso, le fils de Rosie et l'héritier du trône, avait deux ans et était bien loin de se comporter comme un futur autocrate, dévoué qu'il était aux ordres abracadabrants que Noelle lui dictait sans arrêt. Bianca rit doucement.

— Elle est si forte, si drôle, et si têtue, murmura-t-elle avec un sourire amusé, en caressant la joue ronde de sa fille.

— Comme sa mère, rit Xanthos.

— Comme son père, contra Bianca.

Xanthos lui lança un clin d'œil et lui tendit la main.

— Laissons-la dormir. Elle a une grosse journée devant elle, demain.

Bianca entrelaça leurs doigts et le suivit dans la luxueuse suite qui jouxtait la chambre de leur fille. Une immense fenêtre donnait sur un balcon et offrait une magnifique vue de la cour palatiale. Derrière la vitre, la neige tombait sur le parc. Elle se pelotonna frileusement dans les bras de son mari et pressa le visage contre sa poitrine solide, bercée par le rythme stable de son cœur. Il avait peut-être douté, jadis, de pouvoir devenir une bonne figure parentale. Pourtant, il était le meilleur père du monde – incroyablement généreux et incroyablement patient. Quel enfant ne se serait pas épanoui dans le faisceau radieux de cet amour qui ne faiblissait jamais, tout comme elle-même s'était épanouie avec lui ?

— J'ai du mal à croire qu'elle aura trois ans demain, murmura-t-elle avec un soupir de bonheur. C'était un Noël mémorable… Et tu as été si courageux ce soir-là, Xanthos.

— Et toi, plus courageuse encore, dit-il en riant. Mais, là, maintenant, j'aimerais plutôt célébrer un autre anniversaire…

Sa voix était sensuelle comme de la soie lorsqu'il captura son visage entre ses doigts pour la contempler. Même dans la pénombre, ses yeux de jais brillaient d'une passion féroce.

Bianca lui rendit son sourire. Tant de choses les avaient unis, depuis cette merveilleuse nuit à Kopshtell. Après la naissance mouvementée de Noelle, Xanthos avait acheté une grande maison pittoresque à Wimbledon, dotée d'un magnifique jardin. Elle s'était attendue à ce qu'il propose de partager leur vie entre Londres et New York, mais il ne semblait même pas l'avoir envisagé : sa famille et son foyer étaient aussi importants à ses yeux qu'à ceux de son épouse. Il avait pu continuer de travailler à distance, d'Angleterre, si bien que Bianca avait pu garder son emploi auprès de son cabinet. Elle était retournée au travail après le premier anniversaire de Noelle.

Xanthos lui avait dit que la vie new-yorkaise ne lui manquait pas, et qu'il ne voulait qu'une chose : vivre là où elle et leur fille aimaient vivre. Alors ils s'étaient mariés dans une belle église de pierres grises, à Wimbledon, sous la lumière colorée des hauts vitraux. La cérémonie avait été privée et intime ; Corso, et Rosie avec Noelle dans les bras, avaient été leurs témoins. Ils étaient ensuite partis passer leur lune de miel à Vargmali avec leur bébé. Bianca avait tenu la promesse qu'elle avait faite à Ellen ; mieux encore, elle savait qu'ils ne cesseraient jamais de visiter cet endroit magique où leur amour avait commencé.

Corso et Xanthos avaient depuis longtemps trouvé leur équilibre et, comme il l'admettait souvent au cours de leurs fréquentes visites, Xanthos en était venu à aimer ce pays méditerranéen avec une ardeur profonde qui le surprenait lui-même. C'était cette ardeur qui l'avait amené à verser des dons conséquents à l'hôpital de la capitale, notamment pour financer la recherche sur les maladies infantiles. Et bien que Corso n'ait pas attendu cette preuve de sa générosité pour lui proposer le prestigieux duché d'Esmelagu, Xanthos avait toujours refusé. Sa femme adorée n'avait aucune envie de se mêler à la cour royale, et il était de son avis. Il ne voulait pas de titre ; il n'avait pas besoin que le monde connaisse et célèbre son lien de parenté avec le roi de Monterosso. Il était et avait toujours été un homme réservé, et ce n'était pas près de changer.

Mais ils avaient aussi connu la déception et la tristesse lorsqu'ils avaient découvert que la mère de Xanthos était morte dans sa Grèce natale, presque dix ans plus tôt. Un détective privé avait néanmoins retrouvé la tante de Xanthos, et ils avaient l'intention de lui rendre visite au printemps, avant d'aller passer une semaine chez Zac et Emma à Santorin.

Parfois, Bianca n'arrivait pas à croire que leur vie puisse être aussi parfaite. Elle avait toujours rêvé de fonder une famille, mais la réalité surpassait le rêve. Xanthos, Noelle, et bientôt un petit frère ou une petite sœur pour leur fille chérie...

— Heureuse ? demanda Xanthos.
— Et toi ?
— Plus que tu ne peux l'imaginer, souffla-t-il.

Il la mena jusqu'à la fenêtre, par laquelle ils contemplèrent les jardins enneigés, scintillant sous la lune argentée. Mais toute la beauté du monde ne pouvait rivaliser avec celle de l'homme qui se tenait aux côtés de Bianca. Dressée sur la pointe des pieds, elle captura ses lèvres et se laissa submerger par la réponse incendiaire que provoquait toujours le contact de leurs chairs. Il attrapa ses fesses d'une main impérieuse et la pressa contre lui, comme pour imprimer la chaleur raide de son désir sur sa cuisse, à travers sa robe de soie. D'un mouvement souple, il la souleva dans ses bras et repartit vers le lit.

— Tu crois que nous avons le temps, avant le dîner ? s'enquit-elle, le souffle court, alors qu'il s'occupait déjà de faire glisser sa culotte au sol.

— Au moins pour quelques orgasmes, rétorqua-t-il du tac au tac, les yeux dans les siens.

Elle étouffa une exclamation de convoitise dans un baiser et s'empressa de lui déboutonner sa chemise.

Lorsqu'il plongea en elle, il l'emmena sans peine sur les cimes sublimes de la jouissance. Dans ses bras, elle était entière : corps, cœur et âme emplis de lui.

Ce n'est qu'après leurs étreintes et une douche partagée, alors qu'ils s'étaient habillés pour le banquet royal et que Bianca vérifiait prestement dans le miroir que ses joues n'affichaient plus le rose coupable de l'amour, que Xanthos glissa les bras autour d'elle et s'enquit :

— Tu n'as pas répondu à ma question, tu sais.

Il pressa les lèvres contre sa tempe, où ses cheveux noirs brillaient comme de l'onyx.

Bianca tourna la tête pour accrocher son regard. Sa question ne nécessitait pas de réponse : ils le savaient tous les deux. Elle la lui offrit néanmoins, avec le sourire, car elle aimait lui rappeler combien elle était chanceuse d'être à ses côtés.

— Je te le promets, Xanthos, dit-elle en plaçant sa main sur son cœur, que je n'aurais jamais cru pouvoir être aussi heureuse. Mais puisque c'est le moment des confessions, j'ai autre chose à te dire.

Elle rit doucement.

— J'avais l'intention de te l'annoncer demain, mais je ne peux plus attendre. Je suis enceinte.

Xanthos retint son souffle. Elle avait déjà prononcé ces mots devant lui, des années plus tôt, et sa réaction avait été bien médiocre. Depuis, il avait appris à exprimer ses émotions plutôt qu'à les craindre. Depuis le début, ses sentiments pour Bianca l'avaient bouleversé ; il se souvenait de son féroce instinct de protection, dès le moment où elle avait mis les pieds dans son avion. Après cela étaient venus l'admiration, le respect, puis l'amour, qui n'avaient fait que croître. Il songea à leur fille, qu'il aimait si fort, à la vie merveilleuse qu'ils partageaient ; au bébé qui grandissait en elle à cet instant précis.

Oh ! la joie était si forte qu'il aurait pu rejeter la tête en arrière et rugir à pleins poumons. Alors il se laissa emporter par cette euphorie ; et, avec elle, il rit de bonheur.

Vous avez aimé ce roman ?
Retouvez en numérique le palais de Monterosso :

1. *Nuits volées avec un roi*
2. *Le secret de Monterosso*

RESTEZ CONNECTÉ AVEC HARLEQUIN

Harlequin vous offre un large choix de littérature sentimentale !

Sélectionnez votre style parmi toutes les idées de lecture proposées !

 www.harlequin.fr

 L'application Harlequin

- **Découvrez** toutes nos actualités, exclusivités, promotions, parutions à venir...

- **Partagez** vos avis sur vos dernières lectures...

- **Lisez** gratuitement en ligne

- **Retrouvez** vos abonnements, vos romans dédicacés, vos livres et vos ebooks en précommande...

- Des **ebooks gratuits** inclus dans l'application

- **+ de 50 nouveautés tous les mois !**

- Des **petits prix** toute l'année

- Une **facilité de lecture** en un clic hors connexion

- Et plein d'autres avantages...

Téléchargez notre application gratuitement

SUIVEZ-NOUS !   facebook.com/HarlequinFrance
twitter.com/harlequinfrance

VOTRE COLLECTION PRÉFÉRÉE DIRECTEMENT CHEZ VOUS

Vous souhaitez découvrir nos collections ? Une fois votre 1ᵉʳ colis à prix mini reçu, si vous souhaitez continuer à recevoir nos livres, cela se fera automatiquement. Vous n'avez aucune obligation d'achat et cette offre est sans engagement de durée !

Dans votre 1ᵉʳ colis, 2 livres au prix d'un seul
+ en cadeau le 1ᵉʳ tome de la saga *La couronne de Santina*.
8 tomes sont à collectionner !

☛ **COCHEZ la collection choisie et renvoyez cette page au**
Service Lectrices Harlequin – CS 20008 – 59718 Lille Cedex 9 – France

Collections	Prix 1ᵉʳ colis	Réf.	Prix abonnement (frais de port compris)
❏ AZUR	4,75€	AZ1406	6 livres par mois 31,49€
❏ BLANCHE	7,40€	BL1603	3 livres par mois 25,15€
❏ PASSIONS	7,90€	PS0903	3 livres par mois 26,79€
❏ BLACK ROSE	8,00€	BR0013	3 livres par mois 27,09€
❏ HARMONY*	5,99€	HA0513	3 livres par mois 20,76€
❏ LES HISTORIQUES	7,40€	LH2202	2 livres tous les deux mois 17,69€
❏ SAGAS*	8,10€	SG2303	3 livres tous les 2 mois, 29,46€
❏ VICTORIA	7,90€	VI2115	5 livres tous les 2 mois 42,59€
❏ GENTLEMEN*	7,50€	GT2022	2 livres tous les 2 mois 17,95€
❏ NORA ROBERTS*	7,90€	NR2402	2 livres tous les 2 mois prix variable**
❏ HORS-SÉRIE*	7,80€	HS2812	2 livres tous les 2 mois 18,65€

*livres réédités / **entre 18,75€ et 18,95€ suivant le prix des livres

F23PDFM

N° d'abonnée Harlequin (si vous en avez un) ⎵⎵⎵⎵⎵⎵⎵⎵

Mᵐᵉ ❏ Mˡˡᵉ ❏   Nom : _____

Prénom : _____   Adresse : _____

Code Postal : ⎵⎵⎵⎵⎵   Ville : _____

Pays : _____   Tél. : ⎵⎵⎵⎵⎵⎵⎵⎵⎵⎵

E-mail : _____

Date de naissance : _____

Date limite : 31 décembre 2023. Vous recevrez votre colis environ 20 jours après réception de ce bon. Offre soumise à acceptation et réservée aux personnes majeures, résidant en France métropolitaine, dans la limite des stocks disponibles. Prix susceptibles de modification en cours d'année. Vous pouvez demander à accéder à vos données personnelles, à les rectifier ou à les effacer. Il vous suffit de nous écrire en nous indiquant vos nom, prénom et adresse à : Service Lectrices Harlequin CS 20008 59718 LILLE Cedex 9. Service Lectrices disponible du lundi au vendredi de 9h à 17h : 01 45 82 47 47.